SAINT JOHNSON

DU MÊME AUTEUR

LE CAPITAINE LIGHTFOOT, Gallimard, 1956 ; Folio n° 1614.
DU SPORT À LA UNE, Gallimard, 1962.
ON EFFACE TOUT, Gallimard, 1962.
LE PUR-SANG IRLANDAIS, Robert Laffont, 1969.
LE PETIT CÉSAR, Gallimard, 1980 ; Folio n° 1852.
RIEN DANS LES MANCHES, Gallimard, 1980 ; Folio n° 2856.
GOOD-BYE, CHICAGO, Gallimard, 1981.
HIGH SIERRA, Bourgois, 1981 ; 10/18 n° 2108.
DARK HAZARD, Éditions de l'Ombre, 1983.
DONNANT, DONNANT, Gallimard, 1983.
LE SANSON DE L'OUEST, Gallimard, 1983.
UN HOMME À LA COULE, Gallimard, 1984.
TÊTE DE LARD, Gallimard, 1985.
BIG STAN, Sinfonia, 1986.
ROMELLE, Payot & Rivages, 1987.
FIN DE PARCOURS, Payot & Rivages, 1988.
IRON MAN, Éditions de l'Ombre, 1988.
KING COLE, Payot & Rivages, 1988.
TOMORROW'S ANOTHER DAY, Éditions de l'Ombre, 1990.
QUAND LA VILLE DORT, Gallimard coll. "Série noire", 1995 ; Folio policier n° 83.
TERREUR APACHE, Actes Sud, 2013 ; Babel n° 1325.
MI AMIGO, Actes Sud, 2015 ; Babel n° 1688.
SAINT JOHNSON, Actes Sud, 2015 ; Babel n° 1809.
LUNE PÂLE, Actes Sud, 2018.

Titre original :
Saint Johnson

ISBN 978-2-330-16342-6

W. R. BURNETT

SAINT JOHNSON

roman traduit de l'anglais (États-Unis)
par Fabienne Duvigneau

Postface de Bertrand Tavernier

BABEL

à Grenville Vernon

NOTE

Il pourra être intéressant pour le lecteur de savoir que l'"Alkali" de ce récit ressemble à l'ancienne ville frontière du Far West, Tombstone, en Arizona. Simple campement de prospecteurs, royaume des cow-boys, l'endroit connut une rapide et formidable expansion jusqu'à devenir un siège du comté rassemblant dix mille habitants.

Deux des personnages principaux, Wayt Johnson et Brant White, sont inspirés de deux figures célèbres de l'Ouest : Wyatt Earp, marshal de Dodge City et de Tombstone, et Doc Holliday, joueur, as de la gâchette et homme d'esprit.

L'histoire retrace les diverses étapes du conflit opposant Earp au clan Clanton, rivalité légendaire qui continue de nourrir d'âpres discussions dans le Sud-Est de l'Arizona.

W. R. Burnett

On l'entendait jamais râler. Des tracasseries, il en avait bien assez, mais il était pas de ces gens qui pensent que Dieu prend un malin plaisir à les accabler. "C'est comme ça", il me disait.

PAROLES D'UN ANCIEN

PREMIÈRE PARTIE

1

Le soir tombait quand Wayt Johnson descendit de cheval devant le Golden Girl Saloon. Le soleil se couchait sur la montagne de l'Aigle et, déjà, le crépuscule envahissait la vallée. Wayt était un homme de stature imposante, blond, les traits aquilins, avec de larges épaules et une silhouette maigre et dégingandée qu'il avait héritée d'une longue lignée d'ancêtres pionniers. Il se tenait le dos voûté, la tête légèrement inclinée sur un côté. Après avoir attaché sa monture, il ôta ses gants et essuya la poussière d'alcali qui recouvrait son costume sombre et son grand chapeau noir.

Brant White, qui prenait l'air sur le seuil, s'avança à sa rencontre. Wayt sourit.

“Hé, Brant.

— Salut, Wayt. Il se fait tard…

— Oui, mais la journée a été bonne. J'ai retrouvé la jument noire que j'avais perdue en avril.

— Ça alors, dit Brant. Et je serais prêt à parier un paquet de jetons de poker qu'elle était pas en train de gambader dans la prairie.

— T'aurais bien raison, répondit Wayt. Elle était attachée devant chez Joe's Place, à Elderville. J'ai confisqué la selle aussi, pour la peine."

Ils rirent tous deux.

"Sûrement un coup des Northrup, déclara Brant.

— À ce qu'il paraît, répliqua Wayt, la selle appartient à Frame Tod, ce qui revient quasiment au même."

Ils s'esclaffèrent encore. Wayt passa un bras autour des épaules de Brant et ils entrèrent dans le saloon. Au fond du bar, Deadwood, Luther Johnson et l'associé de Wayt, Ed Deal, discutaient autour d'une table.

"Où est Jim ?" demanda Wayt.

Brant se frotta le menton en parcourant la pièce des yeux. "Il était là y a un moment."

Wayt le fustigea du regard.

"Et maintenant, il est où ?

— Ben... À dire vrai, Wayt, Jim avait un coup dans le nez. Je l'ai vu remonter la grand-rue avec sa petite Mexicaine."

Sans un mot, Wayt rejoignit les trois hommes à la table et se laissa tomber sur une chaise.

"Ça va t'y, patron ? fit Deadwood.

— Ça va", répondit Wayt.

Ed Deal et Luther Johnson se contentèrent de le dévisager en silence.

"J'ai retrouvé ma jument noire, annonça-t-il.

— J'avais bien idée que tu mettrais la main dessus un de ces quatre, par là-bas, du côté d'Elderville, dit Luther.

— C'est Frame Tod qui traînait avec. Du coup, j'ai confisqué la selle aussi.

— Bon, alors ça va barder", déclara Brant White.

Ed Deal, mal à l'aise, se tortilla sur sa chaise. Luther hocha simplement la tête et envoya un jet de chique d'une belle précision dans un crachoir, deux mètres plus loin.

"Le plus tôt sera le mieux, dit Luther.

— Non, c'est pas ce que j'ai en tête, corrigea Wayt. Je cherche pas la bagarre. Je reprends ce qui m'appartient, c'est tout."

Brant rit.

"T'es pas du genre à éviter la bagarre, toi.

— Peut-être, mais je la provoque pas.

— Ces gars-là, ils sont redoutables, grommela Ed Deal. Les Northrup et les Tod… Faut pas s'y frotter.

— Te bile pas, Ed, dit Brant. On t'a jamais demandé de dégainer pour nous autres, que je sache.

— Fiche-lui la paix", ordonna Wayt.

Ed Deal, après un coup d'œil de biais à Brant, attrapa un jeu de cartes dans le tiroir sous la table et entama une réussite.

"Deadwood, reprit Wayt, la jument est attachée dans le corral. Tant que j'en ai pas besoin, tu peux la monter. Je me suis habitué à ce fichu hongre.

— J'apprécie le geste, patron, dit Deadwood. Elle me plaît bien c'te bête-là.

— Fais gaffe qu'un des Tod te la pique pas", conseilla Brant en riant.

Deadwood émit un grognement, puis, appuyé sur un coude, contempla les cartes que Deal étalait devant lui.

Il faisait presque nuit à présent. Les réverbères s'allumaient un à un dans la grand-rue et de grosses torches à pétrole brûlaient devant le Palace Dance Hall, en face du Golden Girl. Des hommes en tout genre affluaient maintenant dans le bar : cow-boys, prospecteurs, Mexicains, ainsi qu'une poignée d'étrangers en costumes sombres et chapeaux melon. Dans le fond de la salle, Brant White se préparait à ouvrir le jeu de pharaon, tandis qu'Ed Deal prêtait main-forte à ses trois barmans derrière le comptoir.

Wayt se pencha sur la table pour saisir son frère Luther par le bras.

“Où est passé Jim ?

— Jim a trop bu, répondit Luther, et dès qu'il est bourré, il se tire avec sa Mexicaine.

— Deadwood, ordonna Wayt, va chercher Jim. Tu le trouveras chez les Orante, près de la gare.

— OK, patron.”

Deadwood se leva lentement, vida le verre de whisky qui était demeuré intact sur la table, à côté de son coude, et partit vers la porte. C'était un homme petit, carré d'épaules, solide sur ses jambes arquées. Il avait le teint presque aussi basané qu'un Mexicain, les cheveux et la moustache d'un noir de jais, et marchait en tanguant comme un marin qui revient sur la terre ferme, avec son grand chapeau blanc basculé vers l'arrière et ses pouces enfoncés dans son ceinturon.

Quand il fut sorti, Wayt reprit :

"Luther, il faut que tu m'aides. Ça va pas avec Jim.

— Moi, je veux bien, répondit Luther. Mais tu sais, Wayt, il a vingt et un ans. Il est assez grand pour se débrouiller tout seul.

— Oui mais quand même, insista Wayt, tu dois me filer un coup de main. D'abord, parce qu'il va se retrouver dans la panade s'il continue à boire. Et aussi parce que les bons citoyens pourraient le montrer du doigt. Le frère de Johnson, Représentant de l'Ordre, qui fricote avec les Mexicains et lève le coude comme un vacher du Texas..."

Luther se frotta le menton en considérant son frère.

"À ce qu'y me paraît, Wayt, tu t'inquiètes plus pour ta carrière de shérif que pour ta famille."

Wayt lui lança un regard noir. Puis, baissant les yeux, il posa une jambe sur l'autre et joua avec un de ses éperons.

"Depuis que tu t'es mis cette idée dans le ciboulot, continua Luther, on te reconnaît plus."

Wayt ne répondit rien. Luther reprit, mal à l'aise :

"Je t'aiderai avec Jim, Wayt."

Sortant de sa poche une blague à tabac et des feuilles, Wayt se roula une cigarette.

"Il faut bien que quelqu'un ici nous garantisse le soutien de la loi, Luther, sinon je donne pas cher de nos vies. Jim et toi, vous avez pas l'air de vous en rendre compte.

— Sûr que je m'en rends compte. Mais est-ce que je suis pas déjà marshal ? Et toi, t'es pas marshal fédéral adjoint ?

— J'ai été nommé, répliqua Wayt en allumant sa cigarette.

— Et alors ?

— Ce qu'on veut, c'est un élu. Je lâcherai pas l'affaire avant d'être devenu le prochain shérif du comté de San Miguel.

— Ça me ferait rudement plaisir, mais t'as beaucoup de monde contre toi, Wayt. J'ai l'impression que les gens ici ont pas envie qu'on fasse régner l'ordre. Tu vas t'attirer des ennuis, à force."

Wayt sourit.

"C'est ce qu'on me disait aussi au Kansas."

Luther fixa son verre de whisky en silence. Wayt attrapa la bouteille que son frère avait entamée et se servit une petite dose.

Les clients entraient maintenant en un flot ininterrompu par la grande porte du Golden Girl. Wayt hochait la tête chaque fois qu'on le saluait d'un "Mister Johnson", selon l'habitude quasi générale.

"Et puis…, reprit-il en faisant tourner son verre dans ses doigts, Jim devrait veiller au grain ici. Je suis très occupé, Lute, et toi non plus, tu peux pas passer ton temps à traîner dans un bar. Deal est un type fiable, je crois, plutôt honnête. Mais rien ne vaut les liens de la chair, et celui qui s'emploie pas à gérer ses affaires risque de tout perdre.

— Jim n'a pas de cervelle, dit Luther.

— Faut que tu m'aides, Lute.

— Je ferai de mon mieux."

Wayt tripotait son verre. Ils ne parlèrent ni l'un ni l'autre pendant un long moment, puis, rougissant légèrement, Wayt déclara :

"Tu sais, Lute, je me soucie beaucoup de Jimmy, même si tu m'accuses de ne voir que ma carrière de shérif. C'était le préféré de notre mère."

Luther eut un air gêné et détourna les yeux, mais ne dit rien. C'était un grand et robuste gaillard, présentant une ressemblance marquée avec Wayt, le même visage long et maigre, le même nez fin, mais brun et de teint plus mat, plus corpulent, plus silencieux, enclin à la morosité et aux accès d'humeur.

Wayt se retourna pour observer la foule massée dans le saloon. Au comptoir, Deal et trois barmans s'activaient à servir des whiskys secs ou à préparer des boissons allongées avec divers sodas que réclamaient les gorges plus délicates. À l'arrière, on se pressait autour de Brant White et de sa table de pharaon. Smith Sanders surveillait la partie, assis en retrait, le chapeau incliné sur les yeux. Plus loin, face au comptoir, quatre parties de poker étaient engagées, l'une à cinq cartes, les trois autres fermées.

Luther leva les yeux de son whisky, jeta un coup d'œil en direction de la porte, puis saisit Wayt par le bras.

"Voilà Poe Northrup."

Wayt pivota sur sa chaise. Croisant les jambes, il soutint le regard de Northrup qui venait d'entrer et se tenait les mains sur les hanches, pieds écartés, chapeau basculé sur la nuque.

Poe Northrup, grand et massif, la peau basanée, arborait une grosse moustache sombre dont il était très fier. De tempérament belliqueux, arrogant, il marchait en roulant des épaules et en faisant sonner ses éperons. Il était propriétaire d'un vaste domaine dans la vallée de San Jose et avait pactisé avec les frères Tod depuis que ces derniers, sous des allures d'honnêtes éleveurs, s'enrichissaient grâce à du bétail mexicain dont on s'expliquait mal la présence en Arizona.

"Ça alors, lança Poe, si c'est pas notre ami Johnson, M. Dodge City, Représentant de l'Ordre… Comment vont les affaires, mon vieux ?

— Bien, répondit Wayt.

— Dites voir, continua Poe, à ce qu'on raconte, vous avez quitté le maintien de l'ordre depuis que'que temps et vous vous êtes reconverti dans le vol de chevaux."

Luther se raidit brusquement sur son siège et sa main droite disparut sous la table. Les hommes debout au comptoir, près de la porte, se tournèrent vers Poe. Certains se réfugièrent à l'arrière du saloon.

Wayt lui répondit en souriant : "Dites à Frame Tod que j'ai un titre de propriété en bonne et due forme pour cette jument noire. Et vu que vous êtes son pote, prévenez-le aussi qu'il peut venir récupérer sa selle au corral de North End.

— Frame a acheté cette jument à un Mexicain, riposta Poe. Si vous la voulez, vous avez qu'à aller trouver Frame et lui payer ce qu'il a déboursé.

— Faites excuse, mais je suis pas de votre avis", dit Wayt. Puis, à l'adresse de Luther, il ajouta : "J'ai une petite faim, moi.

— Minute, reprit Poe. C'est pas tous les jours qu'on a l'occasion de vous causer, vu que vous tournez le dos le plus souvent quand y a un Tod ou un Northrup dans les parages... Alors, pendant que j'y suis, je vais vous dire une chose. Les éleveurs du coin en ont leur claque de voir M. Johnson-Représentant de l'Ordre jouer les caïds pour devenir le prochain shérif. Ça, oui. Vous commencez à nous les chauffer et on a bien l'intention que ça cesse, d'une manière ou d'une autre.

— Viens, Lute, dit Wayt. J'ai l'estomac dans les talons.

— Regardez-le se débiner, railla Poe en voyant que Wayt se levait.

— Ferme-la, lui ordonna Luther. T'es bourré, et si tu changes pas de ton d'ici deux minutes, tu vas atterrir en prison."

Poe rejeta la tête en arrière et partit d'un grand rire.

"Pour ça, j'hésiterai pas à te fracasser le crâne avec la crosse d'un revolver, menaça Luther.

— Essaie voir, dit Poe.

— Fiche-lui la paix, intervint Wayt en entraînant Luther par le bras. Il fait de mal à personne. Laisse-le déblatérer, peut-être que ça le calmera."

Abandonnant sa partie de pharaon, Brant White se fraya un passage dans la foule et vint s'appuyer contre la table. Il sourit à Poe de sa bouche étroite, la lèvre supérieure retroussée sur ses grosses dents.

“Poe, lâcha-t-il, moi, je suis pas un agent du maintien de l’ordre. Tu peux me titiller autant que ça te plaît. Si tu veux te battre, dégaine et balance la sauce.”

Wayt s’interposa entre les deux hommes. “Non, pas de bagarre. Le premier qui touche son arme, c’est direct la prison.”

Derrière Brant, Poe foudroya Wayt du regard.

“Vous êtes trop nombreux contre moi.

— Voilà une sage parole, répondit Wayt. Allez, Poe, buvez un coup, c’est la maison qui vous l’offre, et réservez vos déclarations de guerre pour les vastes plaines.

— Je bois pas avec des Johnson”, dit Poe, et, se détournant, il ajouta : “Vas-y, Brant. Pour me tirer dans le dos, t’auras moins la main qui tremble.

— Sale voleur de bétail ! cria Brant. Attends un peu, je te rejoins dehors.”

Au moment où Poe allait franchir la porte, Fin Elder, le shérif, entra. C’était un homme de petite taille, d’une quarantaine d’années, rougeaud et bedonnant. Dépourvu de cou, il avait la tête enfoncée dans les épaules et des jambes minces et arquées.

“Quoi ? Quoi ? Qu’est-ce qui se passe ? s’écria-t-il en approchant vivement.

— Prise de bec, Fin, expliqua Wayt. Brant et Poe veulent se tirer dessus.

— Arrêtez votre cirque, les gars, dit le shérif. Vous pouvez pas lâcher ces armes de temps en temps et vous comporter poliment ? Y a assez de place pour tout le monde dans cette ville.

— Trop de Johnson, répliqua Poe. On compte bien en éliminer que'ques-uns.

— Allons, allons, dit Fin. Venez, Poe, on va discuter de tout ça au Transcontinental.

— Vous avez qu'à témoigner en faveur de Poe, Fin, proposa Wayt. Moi, je défendrai Brant.

— Oui, oui, acquiesça Fin. Marché conclu. Venez, Poe."

Il prit Poe Northrup par le bras et l'entraîna vers la porte.

"Y a trop d'insignes dans c'te ville, lança Poe à la cantonade. On voit plus que ça."

Une fois Fin et Poe sortis, les parties de poker reprirent. Les clients, encore plus assoiffés maintenant que l'anxiété retombait, se ruèrent au comptoir pour commander impérieusement à boire, et les craintifs ressortirent des arrière-salles et de la galerie extérieure où ils s'étaient réfugiés de l'autre côté du bâtiment. Brant posa une main sur l'épaule de Wayt.

"Wayt, il va falloir descendre ce Northrup. C'est qu'une question de temps.

— J'ai besoin de votre aide, les gars, déclara Wayt. Sans vous, j'arriverai pas à mettre de l'ordre dans cette ville.

— D'accord, dit Brant, mais les éleveurs feraient bien de se la boucler un poil et de surveiller leur langage."

Wayt se tourna vers Luther.

"Allons manger, Lute.

— Non, répondit Luther. Je vais jeter un coup d'œil aux environs. Pour l'instant, on en a vu qu'un, mais y a sûrement d'autres gars de la vallée de San Jose dans les parages, et je veux pas qu'ils nous sèment la pagaille.

— OK, mais garde ton arme dans son étui", ordonna Wayt.

Après un signe de tête à l'adresse des autres, il sortit sur le trottoir en bois qui bordait le saloon. En face, devant l'hôtel Transcontinental, Fin Elder et Poe Northrup parlaient en gesticulant sous le réverbère. Wayt les observa un moment, puis traversa la rue en diagonale et entra dans la taverne Chez Mattie. Il savait que le shérif le détestait, qu'il prenait le parti des éleveurs et des hommes sans loi. Qu'il était l'ami de Poe Northrup et ne ménagerait pas ses efforts pour le soutenir. Mais il n'était pas prêt à exposer la situation au grand jour, pas encore, et faisait mine d'être dupe comme tous les autres citoyens d'Alkali.

Bossy, le mari de Mattie, sourit en s'inclinant poliment quand Wayt entra.

"Bonjour, monsieur Johnson. On a une belle pièce de viande ce soir, c'est moi qui vous le dis.

— Tant mieux, répondit Wayt, qui prêtait assez peu attention au contenu de son assiette.

— Pour sûr, c'est un morceau de choix", dit encore Bossy.

Assis à la table près de la fenêtre, Wayt prit son repas en observant le spectacle de la grand-rue. Une foule hétéroclite déambulait le long des trottoirs. Sous chaque réverbère, des hommes conversaient et riaient. Des prospecteurs aux barbes mal taillées s'entretenaient avec des cow-boys coiffés de grands chapeaux, le pantalon rentré dans leurs bottes à tiges basses. Il y avait des Mexicains, des Indiens, des étrangers de l'Est en habits de confection et chapeau melon, des officiers de la cavalerie de Fort Blaine qui se pavanaient et admiraient les femmes en faisant cliqueter leurs éperons. Wayt aimait regarder dehors pendant qu'il mangeait. Il aimait Alkali et s'y sentait chez lui, après avoir si longtemps erré sans attache. Il aimait voir Alkali le matin quand le soleil se levait au-dessus des collines Rouges ; le désert et les buissons de sauge ; les ruisseaux à demi asséchés et les *arroyos* d'eau profonde. Mais surtout, il aimait Alkali la nuit, avec les réverbères et les torches à pétrole, les prospecteurs, les cow-boys, les habitants qui se pressaient sous les arcades en bois ; les bars et les dancings aux vives lumières, le silence de la plaine tout autour.

Lorsqu'il eut terminé, il posa son argent sur la table, souhaita le bonsoir à Bossy et sortit.

Deadwood le rejoignit à la porte du Golden Girl et l'attrapa par le bras.

"Patron, Jim a beaucoup bu et il est pas commode. Y avait pas moyen de le ramener. J'ai fait de mon mieux, mais je voulais pas qu'il fasse trop de chahut."

Sans répondre, Wayt redescendit les marches, détacha son cheval et partit. Deadwood attendit de le voir disparaître, puis enfourcha sa monture pour le suivre.

Il y avait un petit regroupement d'habitations mexicaines à la lisière nord de la ville, derrière la gare ferroviaire de la Southern Pacific. La femme que fréquentait

Jim Johnson, Remedios Orante, vivait dans l'une de ces masures au bout de la grand-rue. Quand Wayt arriva à cheval, Jim était assis devant la porte avec Remedios et son frère Ramon.

"Jim, lança Wayt. Tu vas rentrer avec moi."

Jim se taisait, mais Remedios passa un bras autour de ses épaules et lui dit quelques mots en espagnol pour l'inciter à partir. Les Mexicains craignaient Wayt Johnson depuis qu'il avait pourchassé et abattu Miguel Soto, le célèbre hors-la-loi. Enfin, Jim se leva, s'approcha de Wayt et posa une main sur le pommeau de la selle.

"Je suis vraiment désolé, Wayt."

Wayt ne répondit pas.

Ramon Orante le salua. "Bonsoir, *señor* Johnson.

— Bonsoir. Viens, Jim."

Wayt tourna son cheval dans la direction du Golden Girl et Jim marcha à ses côtés en silence, une main sur l'étrier. Plus loin, ils virent Deadwood qui les attendait. Dès qu'il les aperçut, il fit pivoter sa monture vers la ville et fila sans un mot.

"Jim, dit Wayt, t'as pas fait ce que je t'avais demandé. T'as manqué à ta parole.

— J'étais soûl, Wayt, expliqua Jim. Je suis désolé, j'te jure.

— T'auras beau me le jurer par tous les saints du paradis, ça changera rien."

Sans plus parler, ils regagnèrent le saloon par un chemin détourné en évitant la foule de la grand-rue.

“Faut que tu te ressaisisses, Jim. Ne touche plus à l’alcool, ou alors bois comme un homme. J’ai besoin de toi au Golden Girl, Jim.

— Je le ferai plus, Wayt.”

2

“Jim, dit Brant White, vaudrait mieux que tu rentres. T’es bourré, mon vieux. Si tu te balades comme ça, Wayt l’apprendra.

— Eh ben, qu’il l’apprenne”, répliqua Jim.

Ils étaient debout devant le Golden Girl, et Brant tenait Jim par le bras. Ce dernier se montrait plutôt docile en temps normal. Habitué à subir l’autorité de Wayt, il prenait rarement d’initiatives ou de décisions. Mais une fois ivre, il devenait aussi têtu que l’était Luther, sobre, et presque aussi dangereux. Il n’avait pas bu depuis une semaine et n’était pas retourné au village mexicain, mais à présent, ses bonnes résolutions s’envolaient. Brant réussit à le convaincre de ne pas prendre son arme, puis, haussant les épaules, le laissa partir.

Jim était indiscutablement un Johnson. Élancé, svelte, anguleux, avec des cheveux blonds et des traits fins. Mais sur son visage s’exprimait une fragilité qu’on ne voyait pas chez Wayt ou Luther. Leur vitalité, leur force de caractère lui faisaient défaut. Malgré sa belle taille et son teint haut en couleur, il y avait quelque chose de presque féminin dans son physique ; sa bouche, bien que grande et charnue, accusait une certaine mollesse, et, en guise de barbe, un duvet doré lui couvrait les joues et la lèvre supérieure, si fin qu'il pouvait encore se dispenser de le raser.

Jim s'éloigna dans la grand-rue et Brant le suivit des yeux jusqu'à ce qu'il ait disparu. Le soleil était haut dans le ciel ; pas de vent, des vagues de chaleur qui dansaient dans l'air. Jim marchait vite, balançant ses longs bras et regardant droit devant lui. Quelques badauds se poussèrent du coude en le désignant. Le frère de M. Johnson ne se mêlait pas de faire respecter l'ordre, c'était un bon petit gars avec son tempérament bien à lui, ça oui ! Au croisement avec la rue Bonanza, il s'arrêta devant la vitrine de l'armurerie de Dixon, pris d'une envie de s'acheter un revolver, et aperçut un colt 44 à crosse de nacre comme celui que Wayt avait dérobé à Miguel Soto. Appuyé contre le mur du bâtiment, il compta son argent. Pas assez. Ce diable de Wayt qui ne lui donnait jamais un sou. Tandis qu'il restait là, absorbé dans la contemplation de l'arme, quelqu'un s'approcha derrière lui et lui asséna une tape sur l'épaule.

“Alors, monsieur Johnson numéro trois. La vie est belle ?”

Jim se retourna. C'était Joe Tod, flanqué d'un groupe de cow-boys aux sourires grimaçants.

“Bas les pattes, dit Jim.

— Ho là, fit Joe. Si on peut même pas te saluer gentiment sans que tu te hérisses comme un chat en colère... Vingt dieux, y a pas plus irascible que la progéniture de Mme Johnson.”

Les cow-boys rigolèrent en s'envoyant de grandes claques dans le dos. Jim prépara son assaut, puis, brusquement, s'élança sur Joe Tod et le frappa au visage. Passant derrière lui, un cow-boy abattit la crosse de son revolver sur sa tête. Jim vacilla et tomba à la renverse. À terre, il tenta de donner un coup de pied dans l'entrejambe de Joe Tod. Celui-ci recula en riant.

"Ouaip, y a pas plus irascible", répéta-t-il.

Alors qu'un attroupement se formait, les cow-boys se dispersèrent, les uns détachant leur cheval de la barre devant l'armurerie, les autres disparaissant entre les bâtiments. En quelques minutes, il ne resta plus que Joe Tod et son contremaître, Luis Montoya. M. Dixon sortit de sa boutique et aida Jim à se relever.

"Je vais te descendre, dit Jim à Joe Tod.

— T'es de mauvais poil parce que t'as trop bu, ricana Joe, et c'est toi qui as cherché la bagarre. Pas vrai, vous autres ?"

Luis sourit, se passa une main sur le visage, et acquiesça.

"Oui, c'est vrai, déclara un homme parmi l'assistance. J'ai tout vu.

— Il n'est même pas armé, protesta M. Dixon avec un regard furieux à Joe Tod.

— C'est lui qu'a frappé le premier, continua le témoin. Je l'ai vu.

— Allez chercher le shérif et je porterai plainte, gronda Joe. On peut plus se promener en sécurité ici, dans c'te ville où qu'est censé régner l'ordre."

Smith Sanders se faufila à travers la foule et vint poser une main sur l'épaule de Jim.

"Qu'est-ce qui se passe, Jimmy ?

— Le Jimmy, il était de mauvais poil, dit Joe en riant. Il voulait me défoncer la gueule, mais quelqu'un y a mis un coup derrière l'oreille.

— Ferme-la ! lança Jim en essayant d'échapper à Dixon. Je vais te descendre.

— Écoutez-le comment il me menace, claironna Joe.

— Il est ivre, Smith, expliqua Dixon.

— Jim, dit Smith, reviens au saloon avec moi. Tu saignes, fiston.

— Oui, je saigne, et alors !" s'exclama Jim.

S'arrachant à Dixon qui le tenait toujours, il s'éloigna dans la grand-rue en bousculant les gens autour.

"Qu'on aille donc chercher le shérif, insista Joe. Je vais porter plainte contre ce p'tit taurillon.

— Tod..., dit Smith. Si tu veux mon conseil, remonte sur ton cheval et fiche le camp avant le retour de Wayt."

Joe s'esclaffa.

"J'ai pas peur des Johnson, même pas de ceux qui volent des chevaux."

Dixon jeta un coup d'œil furtif à Smith Sanders et secoua imperceptiblement la tête. Tous deux savaient qu'il y aurait du remue-ménage à Alkali avant la tombée de la nuit.

"Joe Tod, déclara Dixon. Soit tu as bu, soit tu calcules mal le risque."

Smith Sanders partit en écartant la foule sur son passage.

Joe se balançait d'avant en arrière, jambes écartées, pouces enfoncés dans son ceinturon.

"À c'que je vois, les gens ici, ils ont la trouille d'une poignée de culs-terreux du Kansas."

Luis Montoya le prit par le bras et lui chuchota quelques mots à l'oreille, mais Joe se dégagea. Il alla s'appuyer contre la devanture de l'armurerie, une jambe négligemment passée devant l'autre, chapeau repoussé en arrière. Luis haussa les épaules, détacha son cheval, et s'éclipsa.

Les badauds ne tardèrent pas à se disperser. Une demi-heure plus tard, toute la ville était au courant. Les journalistes du *Courier* et du *Herald* recherchaient activement des témoins.

Quand Smith Sanders arriva au Golden Girl, il se précipita vers Luther qui buvait son premier whisky de la journée.

"Ben alors, Smith, lança Luther. On dirait que que'que chose te tracasse.

— Et pas qu'un peu."

Puis, accoudé au bar, tenant d'une main tremblante le verre qu'il s'était servi, Smith raconta tout sans omettre aucun détail. Luther écouta en silence, les yeux fixés sur le miroir derrière le comptoir. Quand Smith eut terminé, Luther avala une autre rasade, ajusta son ceinturon et se dirigea vers la porte.

"Je viens avec toi, Lute, dit Smith.

— Non, répliqua Luther. J'ai pas besoin d'aide."

Luther sortit lentement du Golden Girl, prit le temps de vérifier que la voie était libre, puis partit vers la rue Bonanza. À mi-chemin, il croisa George Stanley, l'un des adjoints de Fin Elder.

"Quoi de neuf, Luther ? demanda George. Fait chaud, hein ?

— Oui. Y aura un brin de fraîcheur d'ici la nuit."

Luther s'apprêtait à poursuivre sa route, mais George le retint par le bras.

"T'es donc si pressé, Luther ?

— J'ai une petite affaire à régler.

— Tu veux que je t'accompagne ?

— Non, merci, George", répondit Luther en souriant.

George resta là, indécis, à regarder Luther qui s'éloignait. Puis, se glissant entre deux bâtiments, il prit un raccourci pour gagner le bureau du shérif. Luther traversa la grand-rue en diagonale et s'approcha de l'armurerie de Dixon. Joe Tod parlait avec deux cowboys qui venaient de mettre pied à terre. Chacun vantait les mérites respectifs de sa monture, et Joe avait tiré son cheval sur le trottoir en planches pour mieux argumenter.

"Hé, Luther, lança-t-il.

— Salut, répondit Luther. Il est à toi ce cheval, Joe ?

— Un peu qu'il est à moi. Je l'ai acheté y a un bout de temps.

— Alors, fais-le descendre du trottoir."

Joe le dévisagea en silence.

“Les chevaux sont interdits sur les trottoirs par arrêté municipal, reprit Luther, et je compte bien que la loi soit appliquée.

— Vu que t’es le chef dans c’te ville et que tu te mêles de tout, rétorqua Joe, t’as qu’à le faire descendre toi-même.

— Descends-moi ce cheval, Joe.

— Pas question ! Écoute c’que je vais te dire, Johnson de mes deux : chaque fois que vous chercherez la bagarre, toi ou tes frangins, je vous attendrai de pied ferme.

— D’accord, dit Luther en s’avançant d’un pas menaçant. Montre de quoi t’es capable.”

Avant que Joe ne se décide à dégainer, Luther lui décocha une gauche retentissante qui l’envoya à terre, puis, d’un coup de pied, le désarma en faisant jaillir son revolver de l’étui. Bouche bée, les cow-boys le regardèrent ensuite hisser Joe de force et l’entraîner vers la prison.

Plus loin, Luther tomba sur Fin Elder et George Stanley. Fin Elder haletait, le visage tout rouge.

“Attendez voir, Luther. Qu’est-ce que vous fabriquez avec Joe Tod ?

— Je l’arrête, répliqua Luther, et personne m’en empêchera.

— Qu’est-ce qu’il a donc fait ?

— Résistance à un agent”, répondit Luther, qui repartit en tirant son prisonnier.

Fin Elder et son adjoint le suivirent à quelque distance. Lorsqu’ils furent parvenus au bout de la rue

Archer, Fin Elder bifurqua pour entrer dans le bureau du juge Williams. George Stanley alla s'asseoir sur un banc devant la prison.

3

Le soleil se couchait derrière la montagne de l'Aigle quand Wayt parvint aux abords d'Alkali. Il revenait de Holmesburg où Marcus Wingett l'avait envoyé pour régler un litige concernant l'approvisionnement en eau, et la chevauchée avait été longue et éprouvante. Après la gare de la Southern Pacific, passant une jambe par-dessus le pommeau de la selle, il se roula une cigarette et laissa son cheval remonter tranquillement la grand-rue. Des hommes le saluaient depuis le seuil des maisons : "Bien le bonjour, monsieur Johnson ? Quelle chaleur aujourd'hui, pas vrai ?"

En arrivant devant le Golden Girl, il aperçut Brant, Smith et Luther sur le trottoir. Leurs visages n'auguraient rien de bon.

"Où est Jim ? lança-t-il.

— Il a encore pris la tangente", répondit Luther.

Ils le suivirent en silence dans le saloon. Deadwood, assis à une table près du comptoir, faisait une réussite sous l'œil d'Ed Deal. Ce dernier était pâle et tendu.

“Qu’est-ce qui se passe, Ed ?” interrogea Wayt. Puis, comme Deal ne répondait pas, il se tourna vers les autres.

“J’ai dû mettre Joe Tod derrière les barreaux aujourd’hui, dit Luther.

— Tiens donc !” Wayt s’assit et croisa les jambes.

Peu à peu, il réussit à les faire parler. Brant d’abord, puis Luther, et enfin Smith, chacun lui donnant sa version des faits. Wayt jouait négligemment avec un de ses éperons en hochant la tête de temps à autre.

Luther reprit la parole : “On doit se battre maintenant, Wayt. Dégainer et frapper un grand coup. Sinon on va se faire descendre. Toute la ville est contre nous.

— Non, décréta Wayt. Nous, on agit dans le respect de la loi.

— Dans le respect de la loi ! s’exclama Luther. Alors que Joe Tod a été relâché au bout d’un quart d’heure ! Ils lui ont rendu son arme. Et collé une amende de vingt-cinq dollars qu’ils ont suspendue après !

— Faut regarder les choses en face, Wayt, intervint Brant. L’ordre public, c’est du vent dans c’te ville, quand on arrête un éleveur. Ouaip ! Y a plus qu’à dégainer pour en finir.

— Vise-moi ça, dit Ed Deal en tendant à Wayt un numéro du *Herald* d’Alkali.

— « Les frères Johnson déclenchent à nouveau les hostilités, lut-il. Ce matin à dix heures et demie, James Johnson a provoqué un violent désordre sur la voie publique. Après avoir insulté à plusieurs reprises M. Joseph Tod, un éleveur réputé, il a été finalement mis hors d'état de nuire par un employé de M. Tod, indigné… Tod a été ensuite assailli par Luther Johnson, le frère de James, agent du maintien de la paix, et emmené en prison… Cette situation a assez duré. Nous voulons des gardiens de l'ordre public qui ne soient pas motivés par des intérêts personnels pour porter l'insigne. »"

Wayt rendit le journal à Deal.

"C'est la gazette des éleveurs", dit-il.

Le silence tomba. Chacun avait les yeux fixés sur Wayt, attendant sa réaction.

"Deadwood, reprit Wayt. Va chercher Jimmy.

— D'accord, patron, répondit Deadwood. Je ferai ce que je peux."

Une fois Deadwood parti, Wayt roula une cigarette, puis attrapa le pied de Brant et frotta une allumette contre sa semelle.

"Les gars, déclara-t-il, vous réagissez comme de jeunes poulains. Faites-moi confiance, c'est tout ce que je vous demande. Je compte bien mettre cette ville au pas, ça va pas traîner. Vous pouvez me croire. Les gens ici ont besoin d'un peu d'ordre, et ils l'auront.

— Je vais te dire ce qu'ils auront, moi, riposta Ed Deal. Des cadavres à la pelle d'ici la fin du mois, et c'est la vérité, ou alors je suis un Mexicain.

— Pour une fois, je suis d'accord avec toi, Ed", admit Brant.

Tandis qu'ils continuaient à discuter, Marcus Wingett franchit la porte et s'approcha d'eux. Wingett était l'un des hommes les plus riches des environs. Il s'était toujours montré cordial avec le clan Johnson, et Luther lui devait d'avoir été nommé marshal après l'assassinat de John Fitzgerald, dont il terminait le mandat.

"Comment ça va, les gars ? demanda Wingett.

— Bonjour, monsieur Wingett, répondit Wayt. Je vous ai réglé votre petite affaire à Holmesburg.

— Tant mieux." Wingett se tourna ensuite vers Luther. "Lute, je suis venu pour vous serrer la main. Vous vous êtes comporté en homme de courage aujourd'hui. Encore quelques arrestations comme celle-là et tous ces gredins qui se prétendent éleveurs feront moins les marioles dans notre ville.

— Merci, monsieur Wingett", dit Luther en prenant la main qu'on lui tendait.

Wayt rit.

"Je suis bien content que vous soyez passé nous voir, monsieur Wingett. Ça remonte le moral des troupes."

Deal tendit le *Herald* à Wingett, qui lut en souriant.

"Vous inquiétez pas, dit-il. Ils changeront bientôt de chanson."

Il s'assit avec eux et commanda à boire.

"Wayt, reprit-il, les habitants vous doivent un grand merci, à vous et à vos frères, pour ce que vous avez fait ici. N'allez surtout pas imaginer qu'ils ne sont pas derrière vous. Ils le sont. Les gens qui veulent respecter la loi hésitent à s'afficher depuis que ces cow-boys ont tué le marshal Fitzgerald, mais il faut leur laisser un peu de temps.

— C'est bien mon avis", répondit Wayt. Puis, se tournant à demi sur sa chaise, il fixa Wingett droit dans les yeux et poursuivit : “Je me suis penché sur la question… Et je crois que le mieux, ce serait de promouvoir une ordonnance municipale interdisant le port d’armes à feu dans la ville.”

Wingett inclina la tête en tirant sur sa moustache.

“Vous avez peut-être raison, dit-il après un instant de réflexion. Je vais voir ce que je peux faire. Mais si cette ordonnance est adoptée, les gars, vous devrez veiller à ce qu’elle soit appliquée.

— Pour ça, pas de problème”, déclara Wayt, et Luther acquiesça.

Après le départ de Wingett, Brant contempla Wayt en silence un long moment, puis s’adressa à Luther en riant.

“Hé, Luther. On t’a jamais dit que t’avais un frère rusé, fourbe et sacrément habile ?”

Luther sourit.

“C’est le meilleur moyen de damer le pion à ces crétins d’éleveurs, continua Brant. Ça va les défriser, c’est moi qui vous le dis !”

Ils burent un verre pour fêter l’événement, puis Wayt alla dîner.

La taverne était bondée. Bossy le conduisit à une table dans le fond de la salle, où un homme avait déjà pris place.

“Désolé, monsieur Johnson, dit Bossy, mais c’est tout ce que je peux faire pour vous à cette heure-ci.”

L’homme se leva et s’inclina poliment quand Wayt s’assit. C’était le contremaître de Joe Tod, Luis

Montoya, surnommé El Guero (le Blond) à cause de ses cheveux châtain clair et de ses yeux gris pâle.

"Bonsoir, *señor* Johnson. Permettez-moi de m'asseoir avec vous, si vous voulez bien...

— Salut, Luis, dit Wayt.

— Il y a eu un malheureux incident aujourd'hui, poursuivit El Guero en découvrant ses dents dans un sourire.

— Je suis au courant", répliqua Wayt d'une voix si tranchante que le Mexicain baissa les yeux et se mit à manger en silence.

Bossy apporta une assiette à Wayt, puis resta debout à côté de la table, visiblement disposé à bavarder.

"Beau temps aujourd'hui, pas vrai, monsieur Johnson ? Du soleil, mais une brise qui s'est levée vers deux heures de l'après-midi. Ah ça...

— C'est sûr", marmonna Wayt sans lui prêter attention.

Bossy hésita un instant, puis se retira.

Quand El Guero eut terminé, il se leva et s'inclina légèrement. "Avec votre permission", dit-il.

Wayt hocha la tête sans le regarder. Après avoir laissé de l'argent sur la table, El Guero partit.

"Vermine !" grogna Wayt dans sa barbe.

Il savait qu'El Guero avait tué de sang-froid et appartenait autrefois à la bande des hors-la-loi de Miguel Soto. Personne ne l'ignorait, mais, en l'absence de preuves suffisantes pour l'inculper, il était toujours en liberté et se faisait passer pour un honnête éleveur à la manière des Tod.

Dehors, Wayt trouva Deadwood qui l'attendait devant la taverne. Il comprit que quelque chose n'allait pas en le voyant garder sa main droite enfoncée entre les pans de sa chemise.

"Où est Jim ?

— Il veut pas venir", expliqua Deadwood. Puis il ajouta en désignant sa main d'un geste du menton : "Il a failli me bousiller la main, patron. Y a qu'un Johnson qui est capable de m'avoir comme ça.

— Qu'est-ce qu'il a fait ? demanda Wayt.

— Quand j'ai essayé de l'entraîner, il m'a frappé avec un bâton. Je peux pas dire que j'apprécie."

Wayt posa une main sur son épaule.

"J'ai pas le temps de m'occuper de ça. Tu me lâches pas, hein ?

— Non, patron.

— Bon. Va vite chez Doc Harley pour qu'il te soigne la main, et dis-lui que c'est moi qui paie.

— D'accord..." Au bout d'un moment, Deadwood reprit : "Si c'était moi, je collerais une trempe à Jimmy pour lui faire entendre raison. Il va vous fourrer dans un sale pétrin un de ces quatre.

— Allez, file", ordonna Wayt.

Deadwood hésitait encore.

"C'est pas que je veuille me mêler de ce qui me regarde pas...

— Je sais", répondit Wayt.

Une fois Deadwood parti, Wayt regagna le Golden Girl, détacha son cheval et se rendit au corral de North End. Il sentit une main s'abattre sur son épaule au moment où il mettait pied à terre. C'était Lew Casey, le gérant.

"Wayt, j'ai tout vu aujourd'hui. Cette bagarre, c'était la faute de Joe Tod. Il s'en est pris à votre frère.

— Merci, Lew.

— Il m'est bien sympathique, le petit Jim Johnson", continua Casey.

Wayt ne répondit rien. Après avoir appelé le palefrenier, Casey rentra dans son bureau.

"Bichonne-le, dit Wayt au jeune garçon. Il a vu du pays aujourd'hui.

— Oui, monsieur Johnson."

Wayt roula une cigarette, puis partit en direction de la maison des Orante derrière la gare. Comme il était à pied, personne ne fit attention à lui et il arriva sans que Jim s'en aperçoive. Ils étaient quatre assis devant la porte : Remedios, Ramon, Jim, et un homme que Wayt ne connaissait pas.

"Jim !" lança Wayt.

L'inconnu fut aussitôt debout et courut à l'intérieur.

"Jim ! appela encore Wayt.

— Je t'ai entendu, Wayt, répondit Jim, mais je veux plus venir avec toi.

— Jim, menaça Wayt, je vais t'obliger."

Il y eut un long silence.

"Jim, il se blesse à la tête, expliqua Remedios. C'est difficile de marcher…

— Viens par ici, Jim, ordonna Wayt.

— Ce serait mieux de le laisser ici, *señor*, suggéra Ramon. Demain, il viendra."

Wayt jeta sa cigarette. Il fit un pas en avant, mais Jim bondit et le rejoignit.

"Wayt, plaida-t-il, tu peux pas me laisser tranquille ? Je te cause pas de tort ici."

Wayt lui serra le bras. "Attends-moi", dit-il. Puis il marcha droit sur la maison. Ramon et Remedios se levèrent précipitamment pour le saluer et il pénétra à l'intérieur. Une lampe à pétrole brûlait au milieu de la pièce, sur une table à laquelle était assis un homme de stature imposante, aux cheveux roux ébouriffés, vêtu d'une chemise en flanelle sale. Quand Wayt entra, il se mit debout d'un air gêné en s'efforçant de sourire.

"Qui es-tu ? demanda Wayt.

— Je m'appelle Red Harness, déclara l'étranger.

— Tu viens d'où ?

— Du Texas, à l'origine… J'ai pas d'adresse fixe en ce moment.

— Qu'est-ce que tu fais par ici ?

— Je viens juste voir la ville." L'homme grimaça un sourire et tira une bouteille de sa poche. "Un petit coup ?

— Non", répondit sèchement Wayt, et il ressortit. Jim se tenait tout près de la porte. Il recula à la vue de Wayt.

"Allez, Jim", fit Wayt.

Jim protesta. "Non. Je suis assez grand pour décider de ce que je peux faire ou pas.

— Écoute ton frère, intervint Ramon en s'inclinant légèrement à l'intention de Wayt.

— On dirait qu'il sait mieux, ironisa Remedios.

— Silence”, coupa Wayt.

Il bouscula Jim pour le faire marcher devant lui.

“T’as pas le droit, Wayt”, gémit Jim, mais il obéit malgré tout.

Quand ils arrivèrent au Golden Girl, Wayt emmena Jim dans une pièce inoccupée à l’arrière et ferma la porte.

“Jim, commença-t-il, j’ai franchement honte de toi. Te ridiculiser comme ça devant des Mexicains… T’as donc pas de fierté, mon gars ?

— Wayt… J’en ai par-dessus la tête qu’on me prenne encore pour un petit garçon. Je suis grand maintenant et en âge de savoir c’que j’ai envie.

— Jim, poursuivit calmement Wayt, je vais pas rester sans rien faire quand je te vois traîner avec un ramassis de Mexicains et de bandits !

— Des bandits ! fit Jim, saisi d’effroi.

— C’est le mot, dit Wayt. Je te parie dix contre un que ce Red Harness est un repris de justice en cavale.”

Jim se rongeait les ongles en silence. Brusquement, il explosa :

“Je veux de l’argent ! Je veux avoir mon propre argent. Vivre comme je l’entends sans dépendre de qui que ce soit. Je veux avoir mon mot à dire !”

Wayt posa une main sur son épaule.

“Va dormir, fiston. On en reparlera demain matin. Tu as fait assez de grabuge pour aujourd’hui.”

Ils montèrent dans la chambre de Jim au-dessus du saloon. Pendant que Wayt, assis, continuait à parler,

Jim ôta ses vêtements, se mit au lit et tourna son visage contre le mur.

“On discutera de tout ça demain à la première heure, dit Wayt. Bonne nuit.

— Bonne nuit.” Mais dès que Wayt eut refermé la porte, Jim marmonna : “Tu me trouveras plus à Alkali.”

Redescendu dans le bar, Wayt salua les clients du menton avant d’attirer Ed Deal à l’écart.

“Ed, murmura-t-il, tu diras à Deadwood que j’ai pris son cheval pour aller faire un tour.”

Deal hocha la tête et retourna à son travail.

Wayt fila vers l’est en empruntant la rue Huston. Laissant derrière lui les fenêtres brillamment éclairées du White Front Saloon, il déboucha dans la vaste plaine et remonta l’Ancienne Piste en direction du gué de Painter Creek. L’air avait fraîchi, une brise régulière soufflait du désert. Le ciel sans nuages, immense et lointain, était constellé de grosses étoiles scintillantes. Au-delà de la rivière, Wayt devinait la masse sombre des collines Rouges, sur lesquelles s’accrochaient les minuscules feux de la mine de Joe Elder. Les jappements des coyotes s’élevaient plus loin au sud, portés par le grand silence de la nuit.

Il arrêta son cheval, passa une jambe par-dessus le pommeau de la selle, et contempla le désert gris pâle dans la clarté de la lune.

“Oui, dit-il. Ça, c’est mon pays.”

4

À sept heures le lendemain matin, Wayt fut réveillé par Deadwood.

“Patron… Cette fois, Jim s’est taillé pour de bon.”

Wayt se mit sur son séant en se frottant les yeux.

“Où il est ?

— J’en sais rien, répondit Deadwood, mais il a pris la jument noire dans le corral et il a le fusil de Brant.

— OK.”

Deadwood bâilla et étira ses membres endoloris avant de partir.

DEUXIÈME PARTIE

1

Brant et Luther se tenaient sur le trottoir en bois devant le Golden Girl quand Wayt arriva, fatigué et couvert de poussière. Il mit pied à terre, attacha son cheval à la barre, et s'essuya avec ses gants.

"Alors ? demanda Luther.

— Envolé, répondit Wayt. Personne ne l'a vu depuis qu'il a quitté Alkali. C'est quand même bizarre...

— Qu'est-ce qui lui a pris, à ton avis ? interrogea Brant.

— C'est juste un gamin qui se rebelle.

— Il a pas de cervelle, déclara Luther. Moi, en tout cas, je vais pas me faire de cheveux blancs à cause de lui. Vaut mieux le laisser agir à sa guise, Wayt."

Wayt ne répondit pas. Ils entrèrent ensemble dans le saloon, où Deal, Smith Sanders et deux prospecteurs jouaient au poker. Tandis que Brant et Luther buvaient un verre au comptoir, Wayt monta dans sa chambre. Il ôta son chapeau, sa veste, et versa de l'eau dans une cuvette.

"J'ai fait tout ce que je pouvais pour Jimmy", pensa-t-il.

Quand il se fut lavé, rasé et qu'il eut passé une chemise propre, il redescendit dans la salle et regarda la partie de poker. Brant et Luther étaient entrés dans le jeu, les enchères montaient. Brant et l'un des prospecteurs, nommé Ike, étaient les grands gagnants ; Deal et l'autre mineur, un certain Cactus, perdaient gros. Luther se maintenait à l'équilibre.

"Tu joues, Wayt ?" proposa Deal.

Wayt déclina. "Non, je suis pas d'humeur.

— Arrête de penser au petit Jimmy, conseilla Luther, et pose-toi un peu.

— Jimmy ? demanda Cactus en se tournant vers Luther. Tu veux dire, ton frère Jimmy ?

— Oui.

— Tu sais quelque chose à son sujet ? interrogea Wayt.

— Rien du tout…, répondit Cactus. C'est juste que je l'ai vu du côté de Holmesburg il y a deux jours de ça, en compagnie d'un rude gaillard sur un hongre rouan.

— Sans blague ? fit Wayt. Quel genre de bonhomme ?"

Cactus réfléchit en se frottant le visage.

"Grand et fort… Large d'épaules, je veux dire. Et sale, aussi. Un rouquin, qui montait avec des étriers courts.

— C'est pas lui que t'as vu, dit Wayt. Jimmy n'était pas là-bas il y a deux jours."

Levant les yeux, Brant et Luther virent Wayt froncer les sourcils et secouer imperceptiblement la tête.

“Exact, confirma Brant. Il y a deux jours, j’étais en train de parler à Jimmy, ici même.

— Peut-être ben que vous avez raison, dit Cactus en ramassant les cartes d’une nouvelle donne. Ça se pourrait que j’aie la vue qui baisse depuis que’ques années.”

Ike regarda ses cartes à son tour.

“J’suis mort, les gars.” Puis il se tourna vers Cactus. “Bon sang, Cactus. Tu sais bien que c’était le p’tit Jim Johnson qu’on a vu à Holmesburg. Même que tu l’as appelé, et y t’a répondu en agitant son chapeau.

— Mince, je saurais pas dire.” Cactus envoya un coup de pied à Ike sous la table. “C’était peut-être ben que’qu’un d’autre qui me répondait en voyant que j’y faisais signe.

— Oui, peut-être ben”, s’empressa de répéter Ike, qui sourit en jetant un coup d’œil à Wayt.

Debout les mains dans les poches, Wayt suivit la partie de poker pendant un quart d’heure, puis dit à Luther :

“Je serai de retour pour le dîner.”

Il enfourcha son hongre et se rendit au corral de North End. Là, pendant qu’il allait parler avec Lew Casey, un palefrenier enleva la selle du cheval, puis l’emmena pour le rassasier de foin et lui curer les sabots. Un instant plus tard, Frame Tod entra dans le bureau où s’entretenaient les deux hommes. Il resta tranquillement à les regarder, les pouces glissés dans son ceinturon. Frame était jeune, pas plus de vingt-deux ans, la coqueluche de toutes les filles mexicaines de la région, de War Bonnet à Holmesburg. C’était un cow-boy tel qu'on en voit dans les livres d'images, avec un grand chapeau blanc, des jambières en cuir cloutées, des bottes à talons hauts, et de gros éperons en argent munis d'une mollette à dents. Il avait une démarche chaloupée, jouait de sa cravache, et dévisageait toutes les femmes sur son chemin. Bref, le genre de blanc-bec qui déplaisait instantanément à Wayt.

"Comment va, monsieur Johnson ?

— Salut, Frame, dit Wayt. T'as récupéré ta selle ?

— C'est pour ça que je suis venu, répondit Frame. Écoutez voir, monsieur Johnson. D'après mon frère, il paraît que vous êtes sacrément remonté à cause de cette histoire. Mais ce que je dis, moi... Si cette jument est la vôtre, prenez-la, surtout vous gênez pas. Je suis pas de ceux qui montent un cheval en sachant qu'il a été volé. Et puis surtout, vous fâchez pas contre moi."

Wayt le regarda d'un air imperturbable.

"Parce que si vous voulez mon avis, continua Frame, ça va barder en ville d'ici peu, et je veux rester en dehors de ça. J'ai pas l'intention de tirer sur qui que ce soit, ni de me faire tirer dessus au milieu de la rue. Je vous le dis tout net, comme je le pense.

— Tant mieux", répliqua Wayt. Puis, se tournant vers Lew Casey : "Bon, Lew, faut que j'aille m'occuper d'une petite affaire maintenant. Jetez un coup d'œil aux fers de mon hongre, si vous voulez bien.

— Pas de problème", répondit Lew.

Wayt salua Frame d'un geste du menton et sortit du bureau. Frame se mit à rire.

“Wayt Johnson… « Monsieur Intégrité ». En v’là un mot qu’est seulement pour les Johnson. Drôle d’oiseau, pas vrai, Lew ? Il a raté sa vocation, il aurait dû être évangéliste. Regardez-y donc ! Tout bien comme il faut, avec son beau costume noir. On croirait un cadavre dans sa boîte. Ouaip !”

Casey tira sa montre de gousset, regarda l’heure, puis entreprit de se rouler une cigarette en feignant de n’avoir rien entendu.

“Vous savez, Lew, reprit Frame, j’ai ri comme un bossu l’autre jour à cause de Poe Northrup. Toujours à chercher querelle, celui-là… Je suis tombé sur lui du côté du gué de Painter Creek. Il était fumasse. « Qu’est-ce qui vous arrive, Poe ? » j’y ai demandé. « Je vais te dire, fiston, qu’y me répond. Il y a une heure de ça, j’ai bien failli débarrasser c’te pauvre ville du pire serpent qu’elle abrite. » « Qui donc ? » j’ai demandé. « Ce salopard du Kansas avec ses grandes guiboles et sa gueule de six pieds de long. Saint Johnson. »”

Penché en avant, Frame se donna une claque sur la cuisse. “En v’là un bon surnom, pas vrai ? Ouaip. Ça nous a bien fait marrer à Elderville.

— À ta place, je le crierais pas sur tous les toits, conseilla Casey. Wayt s’échauffe pas facilement, mais c’est pas le cas de Luther.

— Allons donc… Je vous raconte ça juste pour causer. Comme je l’ai dit à Wayt, moi, je veux pas d’ennuis. La vie me fait que des cadeaux en ce moment, je tiens pas à partir au cimetière. Si je vous en parle, là, c’est histoire de plaisanter.

— Approche, Frame, dit Casey. Je vais te donner ta selle.

— Enfin quand même, ces Johnson… Ils avaient pas le droit d'y défoncer la mâchoire, à mon frère Joe.

— Tiens, elle est là." Casey indiqua du pouce le porte-harnais où était accrochée la selle de Frame.

Wayt s'arrêta à la gare de la Southern Pacific pour s'entretenir avec Will Price, l'employé du guichet, puis gagna la bicoque des Orante par un chemin détourné. La porte était fermée, l'endroit paraissait désert. Il poussa le battant sans frapper et entra. Après le soleil du dehors, il dut s'accommoder à la pénombre qui régnait à l'intérieur en clignant des yeux.

Remedios, qui était allongée sur le lit, se leva d'un bond.

"Qui est-ce ?" s'écria-t-elle. Puis, après s'être frotté les yeux : "Oh, *señor* Johnson. Vous venez me voir ?"

Elle se recoucha, les mains croisées derrière la tête. C'était une femme mince et menue, aux traits délicats, presque parfaits, excepté son nez dont l'arête présentait une bosse, vestige d'une cassure datant de l'enfance. Ses yeux étirés et sombres se relevaient légèrement. Elle avait de belles dents, et elle le savait.

"Remedios, où est ton frère ?

— Lequel ? demanda-t-elle. J'en ai six.

— Ramon.

— Je sais pas. Peut-être il part avec Jimmy.

— Oui, peut-être", dit Wayt.

Remedios roula sur le côté, une jambe pliée. Elle observait Wayt à la dérobée.

“Jimmy est parti, alors vous venez me voir ? interrogea-t-elle. Je vous aime bien, *señor* Johnson.”

Wayt la regarda en souriant.

“Un de la famille, ça te suffit pas ?

— Non, répliqua Remedios. Vous venez me voir, *sí* ? Qu’est-ce que vous avez besoin de Ramon ?”

Wayt sortit un portefeuille de sa poche et posa un billet de cinq dollars sur la table. Les yeux de Remedios s’allumèrent.

“Je le laisserai ici, promit Wayt, à condition que tu parles un peu.

— Qu’est-ce que je sais, moi ? fit-elle en s’asseyant sur le lit, sans quitter le billet des yeux.

— C’est ce que je te demande.

— Donnez-moi”, dit Remedios en se levant et en s’approchant de la table.

Wayt la chassa d’un geste.

“C’est qui, ce Red Harness ?”

Remedios lui posa une main sur l’épaule.

“*Señor*, vous promettez vous ne direz jamais ?

— C’est juré. Motus et bouche cousue.

— Bon.”

Remedios se dirigea vers une table branlante qui était repoussée contre le mur du fond, attrapa un vieux livre de prières et extirpa une photo glissée entre les pages.

“Voilà.” Elle tendit la photo à Wayt, et il la laissa ramasser le billet de cinq dollars.

La photo avait été découpée dans un prospectus. Au-dessous, rayés de noir et à peine lisibles, on pouvait encore lire les mots : Recherché ! Joel King, *alias*…

“Je le prends dans sa poche, expliqua Remedios. Il avait bu, il dormait.”

Wayt glissa la photo dans son portefeuille et se leva.

“Où est Ramon ? demanda-t-il.

— Avec lui, répondit Remedios en désignant la poche dans laquelle Wayt avait rangé le portefeuille.

— Tu veux qu’il aille en prison ?”

Remedios haussa les épaules.

“Qu’est-ce que j’en ai à faire ? Il me bat.

— Où est Jimmy ?

— Avec eux.

— Et lui, tu veux qu’il aille en prison ?

— Non !

— Alors, ne parle à personne.”

Remedios suivit Wayt jusqu’à la porte. Elle posa une main sur son bras, les yeux levés vers lui, mais il se contenta de hocher la tête et sortit.

“Pas comme Jimmy”, dit-elle en fermant la porte.

2

Vers neuf heures du soir, Deadwood mit pied à terre devant le Golden Girl, attacha son cheval, et martela de ses bottes les planches devant la porte.

“Alors ? demanda Wayt en le voyant entrer. Tu les as retrouvés ?

— Non. Faut croire qu'y se sont bien cachés.

— T'as pas interrogé tout le monde, hein ?”

Le visage de Deadwood s'assombrit.

“J'ai fait comme tu m'as dit, patron.

— Parfait, conclut Wayt en posant une main sur l'épaule de Deadwood.

— Hé, Deadwood, lança Brant, c'est quoi ces trous dans ton chapeau ? Tu t'entraînes à tirer dessus ?

— J'y viens…, répliqua Deadwood. Patron, continua-t-il, j'me trouvais à trois kilomètres d'Elderville, à peu près, quand un crétin s'est mis à me canarder. Visez-moi ça…” Il fit passer son chapeau, dont la couronne était percée de deux petits trous.

Wayt lui rendit son couvre-chef.

“Tu as vu quelqu'un ?

— Rien du tout. Mais j'ai entendu des chevaux qui détalaient sur ma droite, en filant vers Holmesburg.

— Ils te suivaient, tu crois ?" demanda Brant.

Deadwood fit oui de la tête.

"C'est la bande aux Northrup et aux Tod, affirma-t-il. Et moi, je dis qu'ils tiraient pas seulement pour s'entraîner. Ils voulaient m'envoyer six pieds sous terre. Mais j'avais un bon cheval, il a pas traîné quand les balles ont commencé à siffler partout. La première m'a troué l'chapeau, mais pour les autres, j'ai pas eu à m'inquiéter.

— Tu vois, dit Brant en posant une main sur le bras de Wayt. Ces gars-là, faut les descendre. Pourquoi tu nous lâches pas un peu de mou, Wayt ? On a qu'à s'en occuper.

— Non, Brant, laisse-moi faire les choses comme je l'entends. Tu sais bien que je peux pas vous donner le feu vert pour dégainer. Pas avec les insignes qu'on porte sur la poitrine, Luther et moi.

— Moi, je te suivrai jusqu'au bout, patron, déclara Deadwood. Mais c'est clair qu'il va y avoir des macchabées, avec ou sans la loi, d'ici qu'on en termine avec c'te affaire."

Pendant que Smith Sanders rappelait Brant à la table de pharaon où une dispute s'élevait, Deadwood partit conduire son cheval au corral et manger un morceau. Wayt resta assis près du comptoir. Il roulait une cigarette quand Marcus Wingett entra, Luther sur ses talons. Wingett sourit de toutes ses dents en l'apercevant et s'approcha pour lui serrer vigoureusement la main.

"Jetez un coup d'œil au journal demain matin, Wayt. On a fait passer l'arrêté municipal.

— Ouaip, fit Luther. Dans une semaine à compter d'aujourd'hui, on déclare la guerre à tous les porteurs d'armes.

— Ça, c'est une bonne nouvelle, dit Wayt. Les choses vont changer maintenant. En un rien de temps, Alkali deviendra une paisible bourgade.

— Je le crois aussi." Wingett prit des cigares dans sa poche et les offrit à Wayt et à Luther. "Et ce bel avenir est entre les mains des Johnson, puisqu'on ne peut pas s'attendre à recevoir le soutien du shérif.

— C'est sûr", approuva Wayt.

Tandis que Wayt et Wingett continuaient à deviser, Luther sortit faire sa ronde.

3

À trois heures du matin, Wayt fut réveillé par une clameur entrecoupée de détonations. Il se leva d'un bond, ouvrit sa fenêtre et se pencha pour regarder. Une douzaine de cow-boys remontaient la grand-rue au galop en manifestant leur opposition à l'arrêté municipal avec force cris et exclamations. L'un d'eux maudissait furieusement les Johnson. Wayt attrapa sa carabine, et, lorsque la cavalcade arriva devant les torches du Palace Dance Hall, il visa le cheval de l'homme de tête. Il manqua sa cible, mais la deuxième balle fit mouche. L'animal tomba, projetant le cow-boy sur le trottoir. Aussitôt, un autre le prit en croupe et la troupe fila vers Elderville, hurlant et tirant toujours.

Luther, ayant enfilé sa chemise et son pantalon à la hâte, se précipita dehors. Il tira plusieurs fois dans la direction des cavaliers. Un rassemblement se forma et les fenêtres des maisons s'allumèrent dans la rue empruntée par les cowboys.

Luther abattit le cheval agonisant, puis, portant la selle, monta dans la chambre de Wayt.

“Quelqu'un a tiré sur un cheval, annonça-t-il.

— C'est moi." Wayt montra les douilles sur le sol. "Je me suis dit que ça les ralentirait.

— C'est la bande à Northrup, déclara Luther. Cette selle appartient à Walt Northrup.

— Fais-toi délivrer un mandat d'arrêt contre lui, ordonna Wayt, et désigne-moi pour te remplacer. J'irai le chercher.

— D'accord, Wayt."

Ensemble, ils fouillèrent les sacs de selle mais n'y découvrirent rien, hormis une bouteille de whisky explosée et une boîte de cartouches de calibre 44.

4

Wayt et Deadwood chevauchaient en silence. Le soleil tapait dur et la chaleur tremblait dans l'air au-dessus du désert. De temps à autre, une brise venue du sud balayait la plaine, soulevant de petits tourbillons de sable et apportant l'odeur de la végétation desséchée. Les collines Rouges se dressaient devant eux, dénudées et arides, se détachant si clairement qu'elles ne paraissaient qu'à quelques centaines de mètres : énormes buttes couleur ocre, entaillées et érodées par les intempéries. Plus loin encore, le mont Silver érigeait son sommet de pierre assombri par un nuage.

Chevauchant genou contre genou, ils parvinrent au bord d'un profond *arroyo* creusé par un mince cours d'eau à sec. Sur la terre crevassée s'étiraient çà et là des langues de sable et de grandes coulées de boue réduite en poussière.

“Des cavaliers, dit Wayt en tendant les rênes pour arrêter son cheval.

— Oui, répondit Deadwood, et y en a un qui porte une chemise rouge comme Walt Northrup. On les tient, Wayt.”

Wayt se haussa sur ses étriers et regarda vers le bas de l'*arroyo*.

"T'as raison. Sors la Winchester et reste en arrière, sur ma droite."

Sur le versant opposé, les trois cavaliers laissaient aller tranquillement leurs montures. Celui qui se tenait au milieu, une jambe passée par-dessus le pommeau, roulait une cigarette. C'était Walt Northrup. Lorsqu'ils ne furent plus qu'à cinquante mètres du lit de l'*arroyo*, Wayt et Deadwood éperonnèrent leurs chevaux et grimpèrent la pente à vive allure. L'un des cavaliers partit au galop en jetant des coups d'œil derrière lui. Les deux autres attendirent, imperturbables.

"Walt, lança Wayt, tu vas venir avec moi.

— Ah ouais ? répondit Walt en allumant sa cigarette. Qu'est-ce que vous avez contre moi, monsieur Johnson ? Vous voulez me prendre mes armes et me tirer dans le dos ?

— J'ai un mandat d'arrêt et je compte bien l'exécuter, que ça te plaise ou non."

Walt rit, mais son compagnon fit pivoter son cheval et esquissa un mouvement brusque de la main droite. Deadwood épaula sa Winchester.

"Doucement, Cam, dit Walt. Tu vas coller la frousse à ces messieurs les Représentants de l'Ordre public. Lâche ce fusil, fiston, et retourne au ranch.

— Sale vermine !" Cam piqua son cheval et l'animal se cabra. "Ça va chauffer pour vous avant la fin de la semaine, monsieur Johnson du Kansas. On vous donne pas une semaine.

— Laisse tomber, Cam, ordonna Walt. Rentre.

— Pas question, répliqua Cam. S'il leur prenait l'idée de te tirer dans le dos, je veux être là pour pouvoir témoigner du décès.

— Barre-toi !" Walt se dressa sur ses étriers et frappa Cam de sa cravache.

"Je peux pas dire que j'apprécie, Walt", grommela Cam, avant de tourner bride.

Wayt prit le revolver de Walt mais il lui permit de conserver sa carabine dans son étui de selle, au cas où ils croiseraient des guerriers de Geronimo. Deadwood rangea sa Winchester et chevaucha à côté de Walt. Wayt fermait la marche, une jambe par-dessus le pommeau, en roulant une cigarette.

"Hé, Wayt, dit Walt, j'aimerais bien savoir qui a tiré sur mon cheval bai.

— C'est moi, répondit Wayt.

— Ben dis donc, si les Johnson s'en prennent aux canassons maintenant… Ouaip. Faut croire qu'ils ont l'intention de vider le pays de ses hommes, et aussi de ses bêtes.

— Notre intention, c'est de faire régner l'ordre, répliqua Wayt. De mettre en prison tous les cow-boys qui se croient libres de dégainer n'importe où, n'importe quand, et de perturber la paix."

Walt s'esclaffa.

"Vu que je suis un type sincère, monsieur Johnson, je vais vous dire le fond de ma pensée. J'ai pas tiré une seule balle. Oh que non. J'aime pas gâcher mes munitions. Quand je dégaine mon six-coups, c'est que je vise une cible, de préférence un grand dadais du nom de Johnson.

— Boucle-la, dit Deadwood.

— En plus, continua Walt, d'après la loi, vous avez pas le droit de venir me chercher ici. Vous êtes pas shérif, ni shérif adjoint. Vous êtes rien qu'un vieux grincheux qu'est jamais content."

À la lisière de la ville, un groupe de cow-boys les attendait pour les escorter dans la rue principale à grand renfort de rires et d'exclamations. L'un d'eux s'approcha de Wayt en brandissant un journal.

"Lis donc ça, monsieur Johnson. Et prends-en de la graine."

Wayt prit le journal et le parcourut.

> Alkali souffre entre les mains de certains agents du maintien de l'ordre… le cheval d'un cow-boy cruellement abattu en pleine rue… des méthodes déplorables, dignes de Dodge City, pour interdire le port d'armes… les habitants mis en danger par des agents de la paix inconscients.

Wayt rendit le journal tandis que Deadwood, en s'interposant, obligeait le cow-boy à reculer contre le trottoir.

"Dégage, lâcha Deadwood.

— C'est bizarre qu'ils se trompent à ce point sur votre compte, monsieur Johnson, fit observer Walt en posant une main sur l'épaule de Wayt. Ouaip. Vraiment injuste."

Une foule s'était déjà assemblée quand ils mirent pied à terre devant le bureau du juge Williams. Les cow-boys chevauchaient au milieu des habitants, riant et plaisantant. Brant White et Luther étaient assis sur un banc devant le bâtiment. Walt s'avança vers eux et sourit avec un hochement de tête.

"Diable ! s'exclama-t-il. Du renfort."

Prenant Walt par le bras, Wayt le conduisit dans le bureau du juge. Deadwood, Luther et Brant entrèrent à leur suite et restèrent debout, adossés au mur.

"Bien le bonjour, Henry, dit Walt en s'approchant du juge Williams. Comment ça va ?

— On fait aller, Walt, répondit Williams. Asseyez-vous.

— V'là le bonhomme..., commença Luther. M. Wingett dit que vous avez l'intention de mettre fin à tout ce charivari qu'y a par chez nous. Alors, c'est le moment."

Un coup fut frappé à la porte. Deadwood ouvrit. Fin Elder entra, suivi de George Stanley.

"Je déclare l'audience ouverte, proclama Williams. Walter Northrup, qu'avez-vous à dire pour votre défense ?

— Attendez..., coupa Fin Elder.

— Qu'est-ce que vous voulez, Fin ? demanda Williams en regardant par-dessus ses lorgnons.

— En tant que shérif du comté de San Miguel, dit Fin en bombant le torse, je suis un ardent défenseur de l'ordre public, comme vous le savez tous. Mais il est de mon devoir de protester contre l'arrestation de

Walter Northrup ici présent. C'est une procédure illégale qui contrevient à la loi. Wayt Johnson, adjoint au marshal de la ville pour la circonstance, outrepasse son autorité quand il interpelle un homme en pleine nature et l'amène ici devant le tribunal.

— Accordé", répondit Williams. Il hocha plusieurs fois la tête. "Walter Northrup, vous êtes libéré, attendu que votre arrestation a été effectuée dans le non-respect de la loi." Walt se leva en souriant aux Johnson. "Marshal Johnson, continua le juge, veuillez maintenant arrêter cet homme."

Serrant l'épaule de Walt d'une poigne ferme, Luther l'obligea à se rasseoir. Le sourire de l'éleveur s'évanouit tandis que la colère déformait ses traits.

"Vous me faites porter le chapeau, c'est ça ? s'écria-t-il. Attendez un peu que je mette la main sur un fusil, je vous dirai ce que je pense de l'ordre public et de toutes vos foutaises !

— Walter Northrup, reprit le juge, je vous condamne ci-devant à une amende de cinquante dollars pour trouble à la paix, et vous informe ci-devant que ladite amende doit être payée sur-le-champ, faute de quoi ce tribunal exigera votre incarcération dans la prison de la ville jusqu'audit paiement."

Walt se leva d'un bond, sortit de sa poche une liasse de billets de dix dollars et en préleva cinq, puis posa rageusement son couvre-chef sur son crâne.

"Henry Williams, dit Fin Elder, je m'étonne de voir que vous êtes le jouet de ces Johnson. Vous n'avez pas lu le journal, sans doute.

— Si, je l'ai lu, répliqua Williams, et je vous signifie ci-devant, shérif Elder, qu'à partir d'aujourd'hui l'ordre public est instauré dans cette ville et que nous avons l'intention de le faire respecter.

— Vous avez pas fini d'entendre parler de nous, menaça Walt en bousculant Deadwood pour aller ouvrir la porte. Je laisserai personne abattre mes chevaux sans que j'aie mon mot à dire. Ah, ça non !"

Fin Elder mit son chapeau et sortit après avoir lancé un regard furieux aux Johnson. George Stanley lui emboîta le pas.

Le juge Williams ôta ses lorgnons, les essuya, puis tendit la main à Wayt.

"Wayt Johnson, dit-il en lui serrant la main. Je vais être honnête avec vous. Je n'ai pas joué franc-jeu jusqu'à maintenant, parce que je croyais qu'avec vos frères vous aviez seulement dans l'idée de semer la zizanie par chez nous. J'ai changé d'avis, Wayt, et j'ai l'intention de vous suivre. Oh que oui. M. Wingett m'a ouvert les yeux et je lui suis sacrément reconnaissant.

— Merci, monsieur Williams", répondit Wayt.

Deadwood ouvrit la porte et sortit à la suite de Brant et de Wayt. Luther s'attarda pour échanger une poignée de main avec le juge Williams, lequel s'opposait à lui depuis qu'il avait été nommé marshal.

"Je suis rudement content qu'on finisse par s'entendre, monsieur Williams. J'ai jamais compris pourquoi c'que vous preniez le parti de ces voleurs de bétail.

— C'était un malentendu, Luther, répondit Williams. Tout simplement."

Pendant que Wayt, Brant et Deadwood attendaient Luther devant le Golden Girl, un attroupement se constitua plus loin dans la rue. Au bout d'un moment, Brant pointa un doigt dans cette direction.

"Qu'est-ce que t'en penses, Wayt ? demanda-t-il. Tu dirais pas que ça sent le roussi ?

— Peut-être, marmonna Wayt. Mais ils ont pas intérêt à m'asticoter, j'ai eu ma dose aujourd'hui.

— Ouaip, fit Deadwood. Ces cow-boys boys commencent à se croire tout permis.

— Faut les descendre, je vous dis, déclara Brant. Ils se tiendront pas tranquilles tant qu'ils auront pas eu leur compte."

Luther approchait. Brusquement, Poe Northrup sortit en trombe de l'hôtel Transcontinental, sans chapeau, hirsute. Il avait déjà atteint le milieu de la rue quand il aperçut Wayt.

"Du calme, recommanda Wayt à ses hommes. On a fait du bon boulot, c'est pas le moment de s'énerver et de tout gâcher. Laissez-moi m'occuper de cet animal.

— S'il essaie seulement de dégainer, il est mort", prévint Brant.

Poe s'immobilisa net, puis brandit un doigt menaçant en direction de Wayt.

"Monsieur Johnson numéro un, je veux vous toucher deux mots en privé. Venez donc ici au milieu de la rue où on pourra vous tenir à l'œil, parce que j'ai pas envie de me faire tirer dessus depuis là où vous êtes."

Wayt s'approcha à deux mètres de Poe et s'arrêta. Les hommes se ruèrent dehors par les portes du

Golden Girl et du Transcontinental, des fenêtres s'ouvrirent le long de la rue, et un silence de mort tomba sur la ville. C'était ce que tout le monde attendait.

"Wayt, dit Poe, j'ai une petite proposition à vous faire. Réfléchissez, mais grouillez-vous parce que j'ai pas l'intention de vous laisser beaucoup de temps. Si on règle pas notre différend sans tarder, y aura des morts à la pelle, et vous le savez. Alors, voilà ce que je dis : on traite ça d'homme à homme, une fois pour toutes, ici au grand jour. Vous reculez de dix pas, et quand j'aurai compté jusqu'à trois, vous dégainez. C'est pas une proposition simple et honnête, ça ?"

La nervosité crispait les traits de Wayt, mais il répondit :

"Non. Je joue pas à des jeux stupides, Poe.

— Dégonflé ! s'écria Poe en piétinant de rage.

— Moi, je te prends au mot ! lança Brant White. Tu feras moins de pirouettes devant moi."

Fin Elder jaillit soudain de la foule massée devant le Transcontinental et saisit Poe par-derrière. Luther attrapa Brant à bras-le-corps. De part et d'autre de la rue, des hommes s'élancèrent en criant et en gesticulant. Devant le Palace Dance Hall, un cow-boy et un prospecteur en vinrent aux mains et roulèrent dans la poussière. George Stanley les fit se relever et les obligea à se serrer la main. Poe Northrup fut entraîné dans l'hôtel, entouré de nombreux sympathisants.

Wayt était pâle et défait.

"Quelle canaille !" lâcha-t-il.

Deadwood le prit par le bras et tenta de lui parler, mais il se dégagea violemment, rentra dans le Golden Girl et monta droit à sa chambre.

“J'ai jamais vu Wayt aussi à cran, dit Luther, mal à l'aise. S'ils le chatouillent de trop, que Dieu leur vienne en aide. Y a plus rien d'humain chez lui quand on le pousse à tuer.”

Brant était encore rouge de colère.

“C'est la dernière fois que ces gars-là me provoquent, déclara-t-il. Wayt ou pas Wayt, je descendrai un Northrup à la prochaine occasion.

— Écoute Wayt, Brant, conseilla Luther. Fais ce qu'il dit et rends-toi à ses avis. Te retourne pas contre lui. S'ils le font sortir de ses gonds, une seule fois, y aura plus moyen de l'arrêter et il deviendra jamais shérif.”

Sans répondre, Brant rentra dans le Golden Girl avec Luther. Il garda les yeux baissés pendant qu'un cercle se formait autour de lui, chacun réclamant des détails sur l'affaire. Deadwood tira son fusil de son étui et s'assit sur un banc, l'arme posée en travers des genoux.

Deux heures plus tard, Walt, Poe Northrup et Joe Tod sortirent du Transcontinental, se mirent en selle et prirent la direction d'Elderville, suivis d'une demi-douzaine de cow-boys.

5

Vers dix heures du soir, Wayt emprunta le cheval de Deadwood et remonta la grand-rue jusqu'au White Front Saloon, puis, au croisement avec la rue Huston, fila vers l'est afin de rejoindre l'Ancienne Piste qui conduisait au gué de Painter Creek. Lorsqu'il était fatigué, confronté à une succession d'événements trop rapides, sous tension, il aimait partir à cheval la nuit dans le désert. Il s'arrêtait quelque part et restait tranquillement assis. Le silence le calmait.

La lune s'était levée, grosse et pleine, et la formidable masse noire du mont Silver se découpait devant l'astre. Loin au sud, les coyotes jappaient. Wayt laissa son regard se perdre à l'horizon. Soudain, il se raidit sur sa selle. À droite, du côté des basses terres près de Big Bend, il entendit un bruit de sabots. Faible d'abord, puis plus distinct. Il dégagea son fusil de l'étui et attendit, pensant aux bandes de Geronimo qui avaient été vues ce jour-là à quinze kilomètres au sud d'Alkali.

Un craquement de selles lui parvint, puis une voix en espagnol. Il fit tourner son cheval et partit dans cette direction. À la clarté de la lune, il distingua deux hommes, l'un armé d'un fusil accroché dans son dos.

"Qui va là ?" lança-t-il.

Il y eut un silence, puis une voix aimable demanda :

"C'est vous, *señor* Johnson ?

— Oui, c'est moi. Qu'est-ce que tu fabriques ici, Luis ?

— Je suis avec mon ami Rafael Orante, répondit El Guero. On va faire un tour en ville."

Wayt s'approcha.

"Rafael, où est ton frère Ramon ?

— Ramon ? fit Rafael. Qu'est-ce que j'en sais ?

— Tu l'as vu récemment ?

— Non. On se parle plus depuis qu'il a quitté ma sœur.

— C'est bon, dit Wayt. Allez-y."

El Guero pivota sur sa selle.

"Aujourd'hui, j'ai vu votre frère, *señor*. Il était à Holmesburg, au Nugget.

— Avec qui ? demanda Wayt.

— Avec qui ? Avec personne", répondit El Guero.

Wayt garda le silence. El Guero et Rafael s'éloignèrent. Ils avaient presque disparu quand El Guero se mit à chanter de sa voix de ténor.

Angel de armor, tu pasion no la comprendo
Si la comprendo, no la puedo espresar,
Voy enceler tu languido gemido…

Il s'interrompit, dit à Rafael quelques mots que Wayt ne comprit pas, et tous deux éclatèrent de rire.

Soucieux, Wayt resta longtemps assis à contempler le désert. Si Rafael détenait une information susceptible de nuire à Jimmy, il la communiquerait sûrement à El Guero, et Wayt se doutait bien de l'usage que celui-ci en ferait.

"L'affaire progresse, c'est sûr", murmura-t-il.

6

Wayt étant parti à la recherche de Jimmy le jour où l'arrêté prit effet, Luther se fit seconder par Brant, Deadwood et Smith Sanders. Ils formèrent deux équipes pour patrouiller la ville : Luther et Brant, Deadwood et Smith. Tout homme arrivant à Alkali avec une arme devait la déposer dans un bar ou dans un restaurant, ou bien la remettre à Luther. Les étrangers, malgré les rumeurs qui circulaient selon lesquelles la ville ne transigerait pas sur cette nouvelle règle, ouvrirent de grands yeux et se répandirent en imprécations quand ils se virent épinglés. Ceux qui rangeaient leur carabine dans leur sacoche de selle ne furent pas ennuyés. Il était rare que des fusillades sur la voie publique aient lieu avec des carabines, et la plupart des excités de la gâchette se servaient seulement de revolvers. L'arrêté, qui les visait de toute évidence, était l'arme la plus puissante des Johnson depuis le début de leur guerre contre les cow-boys et les hommes sans loi.

Deux vachers qui avaient bu donnèrent du fil à retordre à Deadwood et à Smith au coin de la grand-rue et de la rue Bonanza. Quand l'un d'eux voulut dégainer, Deadwood le terrassa d'un coup de poing et Smith traîna sans ménagement les fauteurs de troubles devant le juge Williams. La condamnation tomba : une amende de cinquante dollars chacun et vingt-quatre heures de prison. Luther et Brant ne rencontrèrent aucune difficulté pendant toute la journée, mais vers dix heures du soir, alors qu'ils tentaient de désarmer quatre clients du White Front Saloon, Brant reçut une balle tirée accidentellement au milieu de la bousculade et s'effondra, sans connaissance. Par chance, le projectile dévié de sa trajectoire lui avait à peine effleuré la tempe. Les coupables, le voyant au sol et craignant qu'on ne les arrête pour meurtre, essayèrent de prendre la fuite. Luther dégaina, en toucha un au pied, et les autres levèrent les mains en l'air.

Porté dans une pièce à l'arrière, Brant revint à lui quand on lui appliqua de l'eau froide sur le visage.

"Ah, les serpents ! Sûr qu'une balle, ça vous refile un méchant coup de pied. Pire qu'une mule de l'armée."

Trois des hommes furent conduits en prison, le quatrième à l'hôpital. Ils venaient de la mine de Joe Elder et menacèrent Luther de lancer le shérif, le neveu de Joe, à ses trousses, mais Luther se contenta de rire.

Il y eut six arrestations en tout, et chaque prévenu fut condamné à une amende et à une peine de prison. Le lendemain, le *Courier* d'Alkali, rival du *Herald*, qui jusque-là était resté neutre dans le conflit opposant les Johnson et les cow-boys, publia un long compte rendu de cette première journée. L'article louait Luther

Johnson pour l'efficacité dont il avait fait preuve dans l'exécution de l'arrêté et exprimait ouvertement le soutien du journal à la cause.

Le lendemain, aux alentours de minuit, Wayt entra dans le Golden Girl et s'approcha de la table où Ed Deal surveillait la partie de pharaon.

"Tu viens d'arriver ? demanda Deal.

— Oui. Du nouveau ?

— Six hommes en prison.

— Parfait. Les Tod ou les Northrup se sont montrés ?

— Pas que je sache, répondit Deal en lui tendant un exemplaire du *Courier*.

— Merci."

Wayt sortit dans la grand-rue et s'appuya contre un réverbère pour observer les passants tout en lisant le journal. Peu après, Luther et Brant le rejoignirent. Brant avait la tête bandée sous son chapeau.

"Wayt, dit-il en grimaçant, t'as loupé de peu l'occasion de porter un cercueil. Ouaip. J'ai mordu la poussière à cause d'une balle qu'est pas passée loin.

— Et Jim, alors ? s'enquit Luther.

— Il se planque quelque part, répondit Wayt. Aucune trace de lui. Je crois que je vais devoir renoncer.

— Peut-être qu'il a quitté le pays, suggéra Brant.

— Je l'espère bien."

Tandis que Brant et Luther retournaient au Golden Girl, Wayt descendit tranquillement la grand-rue jusqu'au Great Western Theater. Là, il s'arrêta et regarda les gens qui entraient. Tous les habitants de la ville le saluaient d'un "Bonsoir, monsieur Johnson", mais les cow-boys et les hommes d'Elderville détournaient les yeux ou bien le fixaient en silence.

Au bout d'un moment, Will Price le prit par le bras.

"Ça vous dirait de jeter un œil, Wayt ? demanda-t-il. À ce qu'il paraît, les chanteuses et les danseuses sont épatantes.

— Je me tâte, répondit Wayt. Et vous ?

— Ben, j'y pensais."

Wayt acheta les billets. Ils entrèrent et prirent place à une table dans le fond. À travers le nuage de fumée, ils voyaient la scène à l'autre extrémité de la salle, éclairée par une rangée de lampes à kérosène. Une femme rousse vêtue d'une robe rouge chantait une douloureuse chanson d'amour, le visage tordu par le chagrin, les mains pressées sur son cœur. D'autres femmes se promenaient parmi les spectateurs et vendaient des photos d'elles-mêmes en tenue légère, suppliant les hommes de leur offrir à boire, juste un petit verre. De temps à autre, un prospecteur ou un cow-boy trop entreprenant recevait une gifle qui déclenchait l'hilarité de ses compagnons.

"C'est pas croyable, hein ? dit Wayt. Ce qui peut faire rire certaines créatures…

— Ça oui, approuva Will Price. Vous avez bien raison."

Wayt commanda un whisky, Will Price une bière. Ils regardèrent les numéros sur la scène et dans la salle enfumée.

Au bout d'un moment, Will Price déclara : "Wayt, j'ai causé avec John Hummel, à la gare de Holmesburg. Ils attendent une grosse livraison demain.

— De l'argent ? demanda Wayt en se penchant légèrement en avant.

— Plus que ça… Quatre-vingt mille dollars.

— Vous m'en direz tant !" Wayt sortit un cigare et repoussa son chapeau en arrière. "Il y a une garde spéciale ?

— Je crois pas, répondit Will. Enfin, pas que je sache. Mais Jud Burt a jamais eu d'ennuis jusqu'à maintenant. C'est un rapide de la gâchette.

— Un brave type, aussi."

Ils se turent à nouveau. Sur la scène, un homme noirci au charbon dansait une *cake-walk* avec une vraie négresse en robe de soie rouge et bas assortis. Les hommes assis sur le devant du parterre applaudissaient la belle artiste en l'encourageant à grands cris.

"Vous avez sûrement lu le *Courier*…, reprit Will.

— Oui, c'est un bon article. Luther le mérite.

— J'ai vraiment hâte de vous voir faire le ménage dans cette ville, vous et vos gars. Vous imaginez pas le nombre de citoyens honnêtes qui vous soutiennent, Wayt."

Après avoir bu un deuxième whisky, Wayt se leva, prit congé de Will et sortit. Les rues étaient presque désertes à cette heure tardive, mais les saloons et les dancings affichaient encore complet. Il entra au Golden Girl et lança au barman :

"Bob ! Tu diras à Ed de me réveiller à cinq heures.

— Pas de problème", répondit le barman.

Une fois dans sa chambre, Wayt ôta sa veste et ses chaussures. Il déchargea sa Winchester, la graissa et remit ensuite les cartouches. Puis, enroulé dans une couverture, il s'endormit.

7

Alkali s'éveillait à peine quand Wayt quitta le Golden Girl et partit en direction du corral de North End. Le soleil n'avait pas encore percé au-dessus du mont Silver, mais déjà, la nuit reculait. Quelques fenêtres s'éclairaient le long de la grand-rue, de la fumée s'élevait des feux allumés pour préparer le petit-déjeuner, tandis que les énormes nuages soufflés dans le ciel autour de la montagne passaient du gris au jaune. Une pâle lueur irradiait les rues, et la brise qui se levait tous les matins à l'approche de l'aube apportait la promesse d'une chaude journée. Peu à peu, les maisons émergèrent de la grisaille et se détachèrent plus distinctement ; les objets apparaissaient, revêtus de leurs couleurs. Derrière le Great Western, un coq chantait.

Avisant le panache qui sortait de la cheminée de la forge, à côté du corral, Wayt poussa la porte et entra. Justin, le maréchal-ferrant, était déjà au travail ; manches de chemise retroussées, en tablier de cuir, le visage luisant dans le rougeoiement du brasier.

“Bonjour, Justin, dit Wayt.

— Hé, Wayt… Alors comme ça, vous vous êtes levé avec les poules ?

— Oui, je suis tombé du lit ce matin. On m'attend du côté d'Elderville. À mon retour, j'aurai un petit boulot pour vous.

— Encore un fer du hongre ? demanda Justin en posant une courte barre de fer dans la forge avant de manier le soufflet.

— Il a l'air de souffrir.

— Amenez-le-moi. Je vous le remettrai sur pied."

Wayt roula une cigarette en regardant le maréchal-ferrant se concentrer sur sa tâche. Il aimait bien Justin. Nul besoin de parler en sa compagnie. Le bonhomme était aussi laconique que Luther et travaillait en silence des heures durant. Il ne s'autorisait guère de commentaires, répondant seulement quand on lui adressait la parole. C'était un solide gaillard de plus d'un mètre quatre-vingts, aux épaules massives et fort comme un bœuf, avec une grosse tête couronnée d'une tignasse de cheveux noirs. Il avait autrefois exercé son activité dans l'armée de l'Union.

Justin saisit le morceau de fer incandescent sur les charbons et entreprit de le façonner avec son marteau. Wayt contempla le métal chauffé qui passait du rouge au bleu terne en refroidissant. Cette vision lui rappela le Kansas. C'était une des raisons pour lesquelles il aimait venir ici. Dès qu'il s'approchait du brasier allumé dans le four, qu'il entendait le bruit du fer battu sur l'enclume et sentait les étranges odeurs de corne, de cuir et de fer qui se fondaient dans la chaleur, mêlées à des relents de fumier, aussitôt le Kansas lui apparaissait. Il revoyait la croisée des chemins où s'élevait autrefois la forge du vieux Pop Dugmore, et Pa Johnson rentrant à la maison avec ses deux chevaux bais ; Jimmy, auréolé de ses cheveux d'or, qui regardait le maréchal-ferrant, debout, les poings sur les hanches ; Luther, dans un pantalon retenu par une bretelle unique, montant un cheval de trait à l'attelage bringuebalant ; et, derrière la forge, étirée sans fin dans toutes les directions, la prairie du Kansas, plate, incommensurable. Il y pensait beaucoup quand il était seul. Non qu'il eût le mal du pays ni l'envie d'y retourner un jour, mais c'était un souvenir agréable.

"Bon, j'y vais", dit Wayt.

Justin leva la tête. "Adieu."

Il faisait jour à présent. Le disque rougeoyant du soleil, déjà chaud, se hissait à demi au-dessus du mont Silver.

Au corral, un palefrenier encore ensommeillé sella le hongre. Wayt glissa sa Winchester dans son étui de selle et partit en direction de Holmesburg. Personne ne connaissait sa destination, pas même Luther. Il avait allégué une obligation quelconque à Elderville, et, puisqu'il se déplaçait fréquemment d'un bout à l'autre du pays, nul ne s'en était étonné.

À la lisière de la ville, un char à bœufs mené par un Mexicain lui barra la route.

"Ne reste donc pas là au milieu !" s'écria Wayt, tandis que son cheval faisait un écart et piaffait.

Le Mexicain se rangea sur le côté.

“*Señor* Johnson est matinal ce matin, dit-il en ôtant son chapeau.

— J’ai une affaire à régler”, répondit Wayt.

Le Mexicain sourit.

“Je suis Jose Orante.

— Si tu le dis, répliqua Wayt. Mais il me paraît que les Orante, y en a un paquet par ici.

— *Sí. Señor*… Pour une pièce d’un dollar en argent, je raconte quelque chose.”

Wayt fixait la charrette, croyant avoir vu bouger la paille dont elle était remplie. Il s’approcha et la sonda avec sa cravache.

“Qui est là-dessous ?”

Un homme s’assit. Un bandana ensanglanté lui recouvrait les yeux.

“C’est moi, Rafael Orante. Ils m’ont eu.”

Wayt se dressa sur ses étriers et jeta un regard alentour, mais ne vit personne.

“*Señor*, reprit Rafael, Jimmy sera tué. C’est trop tard.

— Comment ça ? dit Wayt en se penchant pour l’examiner de plus près.

— Il les aide, et après, il sera tué. Ramon aussi.

— La diligence de Holmesburg ? demanda Wayt.

— *Sí.*” Rafael se plia en deux en portant une main à son ventre. “Ramène-moi, Jose. Je veux mourir à la maison.”

Wayt le secoua durement.

“Où vont-ils intercepter la diligence ?

— Au gué de Coyote Creek. Vengez-moi, *señor*… Tuez El Guero.”

Wayt éperonna son cheval et s'élança au galop. Il sentait maintenant la chaleur du soleil, largement levé au-dessus du mont Silver. La plaine se dégageait de la grisaille, et des traînées de sable scintillaient à la lumière. Plus loin, il descendit dans le lit asséché d'un ruisseau puis aiguillonna à nouveau sa monture. Il longea ensuite un profond *arroyo*, grimpa sur le plateau que coupait la route de Holmesburg, et, après avoir traversé un épais bosquet de mesquite, s'engagea sur une ancienne piste apache. Une demi-heure plus tard, les formes escarpées des collines Rouges se dressèrent devant lui. Il distinguait à présent les profondes crevasses qui entaillaient les flancs du mont Silver. Le soleil haut dans le ciel emprisonnait le désert sous son intense rayonnement. Sans pitié pour le hongre qui soufflait et écumait, Wayt alternait coups de cravache et d'éperon. Il venait de passer un autre buisson de mesquite quand la piste déboucha soudain au pied d'un versant rocailleux surmonté d'un cactus géant. Wayt tendit les rênes et se haussa sur ses étriers, certain d'avoir entendu le hennissement d'un cheval. À l'est, le pâle tracé d'un cours d'eau tremblait dans la chaleur : Coyote Creek. Il était en avance, la diligence n'arriverait pas avant une heure. Alors qu'il rangeait sa montre dans sa poche, le même hennissement lui parvint aux oreilles, plus proche cette fois, puis une voix masculine qui jurait. Quelqu'un approchait de l'autre côté de la crête. Wayt sortit sa Winchester, puis piqua son cheval. Parvenu au sommet, il vit un homme en chemise bleue, un fusil accroché dans le dos, qui encourageait sa monture épuisée dans la pente. Wayt reconnut le cavalier en même temps que l'animal.

"Jimmy !"

Jim voulut dégainer, mais il suspendit son geste.

"Wayt !" s'écria-t-il en donnant de l'éperon.

Wayt mit aussitôt pied à terre, jeta les rênes par-dessus la tête de son cheval et mena celui de Jim jusqu'à la crête.

"Alors ? dit-il en tirant sur sa moustache.

— J'ai eu tort, Wayt, avoua Jim, le visage dévasté. Et t'avais raison. J'aurais dû t'écouter, Wayt. Maintenant, je dois quitter le pays. Si c'est pas le shérif, c'est Red Harness qui m'aura.

— Allons, allons…, fit Wayt. Qui a blessé Rafael Orante ?

— El Guero, le salopard ! Il lui a tiré dans le dos. Sans lui laisser aucune chance.

— Pour quelle raison ?"

Calmé par la présence de Wayt, Jim expliqua : "Rafael avait peur d'attaquer la diligence. Il voulait rentrer chez lui avec Ramon.

— El Guero lui a accordé la vie sauve. Pourquoi ?"

Jim ouvrit des yeux stupéfaits.

"Rafael est pas mort ?

— Non, répondit Wayt. Son frère l'a ramené à Alkali.

— On l'a abandonné par terre. El Guero le croyait mort."

Pensif, Wayt roula une cigarette.

"Qui va attaquer la diligence, alors ? demanda-t-il.

— Red Harness, un type du nom de Mike Foster, El Guero et Ramon.” Jim continua, presque en larmes : “Je me suis débiné, Wayt. Je supporte pas de voir des gens tués. Moi, je suis pas un tueur ! Ça me soulève l’estomac.

— Tant mieux.

— Ils vont m’avoir, Wayt. Je sais trop de choses, ils me ficheront jamais la paix.

— Mais si…”

Jim descendit de cheval et ils restèrent là, debout, tournés vers Coyote Creek. De grandes masses d’air chaud tremblaient sur la plaine sableuse, et les collines Rouges paraissaient bouger, ondulant comme des objets que l’on voit flotter sur l’eau. Au sud, des rapaces planaient au-dessus d’un *arroyo*.

“Je vais te tirer de là, Jimmy, dit Wayt au bout d’un moment. Jud Burt devra se débrouiller tout seul avec cette histoire de diligence, je peux pas me mêler de ça maintenant. Surtout quand je vois dans quel pétrin tu t’es fourré.

— Je le mérite pas, Wayt.

— Tsst, dit Wayt. Allez, en selle. On va à Elderville. J’ai à faire là-bas et on racontera que je t’ai rencontré par hasard en chemin. Ensuite, tu reviens à Alkali avec moi.”

Ils remontèrent à cheval et partirent vers le sud.

“On va prendre notre temps, dit encore Wayt. Personne ne pourra t’attirer dans ce hold-up…”

Ils chevauchèrent en silence. Jim regardait son frère du coin de l’œil. Il voulait le remercier, lui dire qu’il le trouvait formidable, mais il savait que Wayt serait gêné, et donc il se taisait. Toutes ses peurs s'étaient envolées. Il n'avait plus à s'inquiéter de sa survie maintenant ; il ne souffrait plus de devoir agir par lui-même et d'en subir les conséquences. Il avait Wayt.

Sans forcer l'allure, ménageant leurs chevaux fatigués, ils arrivèrent à Elderville une heure plus tard et entrèrent dans le restaurant Silver Mine où le propriétaire les accueillit.

“Quoi de neuf, monsieur Johnson ? Comment ça va à la métropole ?

— Très bien, répondit Wayt en sortant sa montre. Bon sang de bois ! s'exclama-t-il, je me suis vraiment fait rouler quand j'ai acheté ce chronomètre. Quelle heure vous avez, Harry ?”

Le propriétaire tira de son gousset une énorme montre en or, épaisse comme deux doigts, et la fixa avec une moue concentrée.

“Voyons voir… Encore vingt secondes, et il sera exactement sept heures et quart.

— Vous êtes sûr que c'est l'heure exacte ? insista Wayt.

— Absolument certain.” Le propriétaire tapota sa montre de l'index.” C'te montre-là, elle bouge pas d'une minute en un an. Oh que non. Même que tout Elderville s'aligne sur elle.

— Parfait”, dit Wayt.

Jim engouffra son repas sans parler en l'arrosant de café. Wayt mangea lentement, un œil sur les clients qui entraient dans le restaurant. Lorsqu'ils eurent terminé, Wayt déclara :

"Maintenant, on va se faire un billard."

TROISIÈME PARTIE

1

En arrivant à Alkali par l'Ancienne Piste, Wayt et Jim croisèrent Cactus, le prospecteur. Il menait son *burro*, monté sur son cheval noir, maigre et boiteux.

"Hé, Wayt ! lança Cactus. C'est la pagaille en ville… La diligence de Holmesburg a été attaquée, Jud Burt et M. Thompson sont morts.

— Ça alors, fit Wayt. Combien ils ont raflé ?

— Rien du tout. Le vieux Bob a fait goûter du fouet à ses chevaux et il s'est tiré. Y se passe de drôles de choses, pour sûr !

— C'est pas croyable. Pas vrai, Jim ?"

Jim hocha la tête.

"Ouaip, c'est pas croyable, conclut Cactus. Bon, j'ai de la route à faire… Salut, les gars."

Cactus fit claquer sa langue à l'adresse de son cheval et repartit, mais le *burro* refusa d'avancer. Wayt lui donna un coup de cravache. L'animal rua, puis se mit en marche d'un air placide.

"Il est long à la détente, dit Cactus, mais il arrive toujours au bout."

Wayt et Jim ne parlèrent pas jusqu'à la ville. Quand ils passèrent devant le White Front Saloon, Wayt déclara : “On dirait que ces gars-là ne connaissent pas trop leur affaire. Ils tuent deux citoyens, sans rien rafler. Et El Guero qui est même pas fichu d’abattre le cheval de tête…

— Ils sont désespérés, expliqua Jim. Je suis bigrement content d’avoir pu filer. Red Harness, lui, il hésite pas à tuer.

— Tsst, fit Wayt.

— Wayt, insista Jim. C’est pas normal que je sois libre, y a eu des morts…”

Wayt se tourna sur sa selle et le dévisagea froidement.

“Tu vas te taire, oui ? En tant que marshal adjoint, je suis dans la mouise autant que toi, alors ferme-la.”

Au moment où ils mettaient pied à terre devant le Golden Girl, ils virent une foule massée autour de la diligence au bout de la grand-rue. Le vieux Bob, le cocher, était debout sur le toit de la voiture et haranguait son public.

“Regarde, dit Jim en montrant la scène du doigt.

— T’occupe pas de ça.” Wayt le prit par le bras et l’entraîna dans le saloon.

L’endroit était désert. Un unique barman assurait le service.

“T’as appris la nouvelle, Wayt ?” lança Ed Deal à l’extrémité du comptoir. Puis, reconnaissant Jim : “Hé, Jim. T’es rentré quand ?

— Je suis tombé sur lui à Elderville, raconta Wayt. Il se plaint qu’il en a assez de faire bande à part. Maintenant, il va se réinstaller à Alkali.

— Sans blague ? fit Deal.

— Ouaip, confirma Jim. Je me sentais trop seul.

— Où est Brant ? demanda Wayt.

— À la diligence, répondit Deal. Ces canailles ont tué le vieux Jud Burt. Lui qui s'était pas pris une seule balle dans la peau depuis le jour de sa naissance.

— Ils ont tué M. Thompson aussi, à ce qu'il paraît, ajouta Wayt.

— Oui. Ces types-là risquent d'être lynchés. Que Dieu leur vienne en aide si on les attrape…

— Le shérif va rassembler des hommes ?

— Je sais pas.

— Viens, Jimmy", dit Wayt.

Ils sortirent du Golden Girl et se dirigèrent vers la diligence. Des hommes apostrophaient Wayt pour lui raconter ce qui s'était passé. Quand ils furent tout près, le vieux Bob aperçut Wayt au moment où il descendait de la voiture.

"Le voilà, cria-t-il. Wayt Johnson est là."

En un instant, Wayt fut encerclé par les habitants en colère, impatients, gesticulant en tous sens, qui le suppliaient de prendre la tête d'un détachement armé et d'éliminer les auteurs du hold-up. M. Dixon passa un bras autour de lui et s'exclama :

"Voici votre homme, mes amis. Lui, il les retrouvera."

Une clameur s'éleva. Brant White, Luther et Deadwood se frayèrent un chemin parmi la foule.

"Wayt, dit Brant. C'est à toi de décider. Fin Elder est parti en train ce matin pour régler une affaire à Tucson.

— D'accord. Je suis votre homme."

Des acclamations jaillirent à nouveau, et quand Wayt reprit la direction du Golden Girl avec Jim, Brant, Deadwood et Luther, la population lui emboîta le pas en un cortège qui emplissait la rue d'un trottoir à l'autre.

"Jim, demanda Luther, où t'étais donc passé ?

— Je suis tombé sur lui à Elderville ce matin, expliqua Wayt. Il va rester avec nous maintenant, Luther. On repart comme avant.

— Je m'ennuyais tout seul, dit Jim. J'étais sur le chemin du retour quand j'ai croisé Wayt.

— Tant mieux", fit Luther.

Brant passa un bras autour des épaules de Jim.

"Ouaip. C'est pas pareil quand il manque un des Johnson dans la troupe."

Parvenu devant le Golden Girl, Wayt grimpa sur un banc.

"Écoutez-moi, vous tous ! cria-t-il. Je vais emmener Deadwood, Brant White et Jimmy, et j'ai besoin de deux ou trois volontaires. Décidez-vous, je vous attends."

Il descendit du banc et entra dans le saloon, suivi de ses compagnons et de tous ceux qui purent trouver une place. Mais aucun volontaire ne se présenta. Il n'était pas facile de livrer une chasse à l'homme dans la région d'Alkali. Outre qu'il fallait affronter la chaleur torride et les vastes étendues de terres sans eau, on risquait aussi de rencontrer des Apaches. Les membres de l'expédition devraient se montrer pleins de ressource et capables de résister à de longues journées en selle. C'est pourquoi, malgré l'excitation du moment, alors que tous appelaient à la vengeance et qu'ils étaient nombreux à encourager leurs amis, personne ne se proposa.

"Les volontaires ne se bousculent pas au portillon", fit remarquer Brant. Puis, se tournant vers Ed Deal : "Et toi, Ed. Pourquoi tu viendrais pas avec nous ? T'étais sacrément remonté tout à l'heure.

— J'ai mal aux reins, répondit Ed. Je tiendrais à peine une heure à cheval.

— Apparemment, y a beaucoup de gens qui souffrent du dos par ici", ironisa Brant.

Pendant qu'ils discutaient, Joe Tod et El Guero firent leur apparition dans le bar. Jim voulut reculer quand il vit El Guero, mais Wayt, réagissant aussitôt, lui écrasa le pied de sa lourde botte.

"Nom de Dieu, gémit Jim en se tenant le pied d'une main. T'as failli m'estropier.

— Désolé, Jimmy.

— Wayt Johnson, dit Joe Tod, il paraît que vous êtes décidé à attraper ces bandits de grand chemin et que vous cherchez des volontaires.

— Tout juste.

— Ben, nous, on est partants, continua Joe. Luis et moi, on vaut largement un Johnson.

— Allez prendre vos armes. On part tout de suite, répliqua Wayt en lui tournant le dos.

— Luis est un bon pisteur, insista Joe.

— J'ai déjà un pisteur, répondit Wayt. Deadwood.

— Peut-être que Luis saurait se rendre utile aussi, pas vrai ?

— Peut-être.

— Ça me plaît pas", chuchota Brant à Wayt, mais celui-ci secoua imperceptiblement la tête.

Quand tous se furent mis d'accord, Wayt entraîna Brant, Luther, Jim et Deadwood dans une pièce à l'arrière.

"Écoutez-moi, les gars. Vu que c'est moi qui commande cette expédition, j'ai deux ou trois ordres à vous donner. Premièrement, vous prenez pas le bec avec Joe Tod ; laissez-le causer, autant que possible. Il est juste venu pour nous titiller. Deuxièmement, je cherche pas ces bandits, et j'ai pas l'intention de les trouver." Luther et Deadwood sifflèrent en considérant Wayt avec étonnement, mais Brant jeta un regard inquisiteur à Jim, qui gardait les yeux baissés. "Je ne veux pas répondre à vos questions pour l'instant, poursuivit Wayt, contentez-vous de faire ce que je vous dis. Si on tombe sur ces types par hasard, n'essayez pas de palabrer et tuez-les. Que pas un seul n'en réchappe." Luther et Deadwood à leur tour considérèrent Jim, qui jouait avec le barillet de son revolver pour se donner contenance. "Vous avez bien compris ? Quelque chose à ajouter ?

— Je les attirerai à l'écart de la piste, dit Deadwood.

— Pour ce qui est de les descendre, laisse-moi faire, assura Brant.

— Parfait, conclut Wayt. Toi, Luther, tu resteras en ville. Qui sait ce qui peut arriver."

Wayt se mit debout et roula une cigarette. Les autres restaient assis en évitant de se regarder. Il y eut un long silence.

Finalement, Jim explosa :

“Qu’est-ce que tu me veux, Brant White ! J’ai rien à voir avec ces meurtres.

— Tsst, fit Wayt. Qui t’accuse ?

— Je les ai quittés, expliqua Jim en les dévisageant l’un après l’autre. Oui, je vous le dis, je suis parti parce que je supportais pas l’idée de tuer tous ces gens. J’ai pas l’intention de vous cacher quoi que ce soit.

— Te bile pas”, répliqua Brant.

Ils se levèrent et retournèrent avec Wayt dans la grande salle. La foule s’était dispersée à présent. Les parties de poker allaient bon train et les barmans, comme d’habitude, ne chômaient pas. El Guero, debout à un coin du comptoir, fumait une cigarette. Wayt s’approcha.

“Où est Joe Tod ?

— Chez M. Dixon, répondit El Guero, tout sourire. Il veut une Winchester neuve.

— On est prêts à partir, Luis. Vaudrait mieux que t’ailles le chercher.

— Où est-ce qu’on va ?” demanda El Guero d’un air insolent.

Wayt vint se coller contre lui et le prit par le bras.

“Luis, si t’ouvres encore la bouche, je te descends.

— On se comprend tous les deux, *señor*”, répondit El Guero.

2

Le petit groupe chevauchait depuis trois jours sans que Wayt ralentisse l'allure. Deadwood avait localisé la piste des bandits à côté du gué, et ils l'avaient suivie pendant près de vingt-quatre heures quand un troupeau de bestiaux, au sud-est de Big Bend, la traversa et brouilla les traces. Deadwood prétendit la retrouver deux kilomètres plus loin au sud, et depuis, il avait pris la tête. C'était la fin de la matinée, il faisait chaud. Le cheval d'El Guero écumait.

Le Mexicain remonta à la hauteur de Deadwood en souriant.

"*Señor*, on se comprend tous les deux, hein ? Pourquoi on ferait pas une halte jusqu'à la nuit ?"

Deadwood pivota et le fixa durement.

"Luis, pour ça faudrait que tu voies avec le patron. Mais ce que je pige pas, c'est les empreintes de ce cheval, là-bas au gué, qui part tout seul vers la ville. Il marche à l'amble, comme le tien."

El Guero rit.

"Demandez au *señor* Johnson", rétorqua-t-il.

Wayt ne disait rien, sauf lorsqu'il répondait à une question. Brant s'agitait sur sa selle, chantait et roulait des cigarettes, mais Deadwood était aussi peu loquace que Wayt. Il avançait en tête, les yeux rivés sur la plaine. Jim restait près de Wayt et essayait d'engager la conversation de temps à temps. El Guero et Joe Tod chevauchaient côte à côte, parlant à voix basse.

Joe Tod en avait déjà assez. Sous l'effet de l'ivresse, il s'était laissé persuader par El Guero de prendre part à l'expédition, juste pour contrarier les Johnson, et le premier jour, il avait trouvé la situation amusante. Mais à présent, fatigué, le dos rompu par les longues heures passées en selle, il regrettait l'ombre des peupliers autour de son ranch. Il ignorait tout de la participation d'El Guero au hold-up, et commença à se demander pourquoi le Mexicain ne cessait de harceler les autres, posant des questions, suggérant des chemins détournés, réclamant une halte. Il finit par lui dire :

“Si tu veux mon avis, Luis, tu ferais mieux de la boucler ou tu risques de nous faire tuer tous les deux. Moi aussi, j'en ai plein les bottes de cette virée.

— Pas de problème”, répliqua El Guero.

Il était midi passé et le soleil cognait dur. Les hommes transpiraient abondamment sous leurs chapeaux, aveuglés par la sueur qui leur dégoulinait dans les yeux. Leurs chevaux étaient las et tenaillés par la soif. Après un coup d'œil pour évaluer la course du soleil, Wayt déclara :

“Avec un tantinet de chance, les gars, on arrivera à Mesquite Springs avant la nuit, mais ne gâchez pas l’eau qui vous reste.”

Joe vint se mettre à sa hauteur et lui posa une main sur l’épaule.

“Wayt, vaudrait pas mieux s’en retourner ? On les chopera pas, ces types. Faut bien se rendre à l’évidence, ils ont déjà dû traverser la frontière.

— On va continuer encore un poil, répondit Wayt en s’écartant de lui. T’as qu’à t’en retourner tout seul si tu veux.

— Sûrement pas ! Vous croyez que j’ai envie de me faire tuer ? On est en plein territoire apache.”

Wayt garda le silence, et Joe rejoignit El Guero à l’arrière.

“Alors, Joe, tu fatigues ? ricana Brant. T’as peut-être mal au dos, toi aussi, comme les autres grandes gueules d’Alkali.

— Fous-lui la paix”, lâcha Wayt.

Ils chevauchèrent une demi-heure en silence, puis Deadwood pivota sur sa selle.

“Patron, lança-t-il, je vois plus rien du tout. Je crois bien qu’on les a perdus.

— On va quand même pousser jusqu’à Mesquite Springs pour recharger en eau. Mon hongre est assoiffé.

— Prends ma jument, proposa Jim. Je mènerai le hongre à pied.

— Non, dit Wayt, ça va aller.

— Quel bon frère”, commenta El Guero.

Deadwood avait obéi aux instructions : forcer l'allure jusqu'au troisième jour, puis déclarer forfait. Wayt ne voulait pas qu'on puisse les accuser d'avoir mal effectué les recherches, d'autant plus que Joe Tod, il en était convaincu, ne savait rien du rôle joué par El Guero dans le hold-up.

Joe ôta son chapeau et s'essuya le front avec sa manche.

"Plus chaud que c't Arizona, y a que l'enfer."

La température augmentait. Des masses d'air étirées tremblaient au-dessus du désert. Il n'y avait pas un souffle de vent. Loin au nord-est, les collines Rouges dessinaient une ligne fauve à l'horizon, et le mont Silver brillait, reculait, dansait comme un mirage. Ils grimpèrent le long d'un versant sablonneux, sous les silhouettes géantes de cactus hauts de sept mètres, puis empruntèrent la vieille piste apache, un étroit chemin qui serpentait entre des rochers couleur cuivre. La piste conduisait à une petite *mesa*, sur laquelle un unique peuplier de Virginie déployait ses branches noueuses au milieu d'un taillis de mesquite, puis redescendait à travers un paysage semé de blocs rocheux gros comme des maisons et de colonnes rouges aux formes tordues, aussi brûlantes qu'un poêle au contact de la main. En contrebas de la *mesa*, ils s'engagèrent dans un long et étroit passage, fermé par le ciel chauffé à blanc tel un couvercle au-dessus de leurs têtes, et débouchèrent dans les Deadman's Flats, un effondrement désertique où des langues de sable à nu alternaient avec de grandes étendues de boue séchée. La traversée fut une terrible épreuve pour les cavaliers, exsangues sur leur selle. Deadwood repéra une piste de l'autre côté. Bientôt, ils tombèrent sur une malle abandonnée et un fusil. Jim poussa un cri en désignant des vautours qui décrivaient un cercle.

Ils piquèrent des éperons. El Guero remonta à la hauteur de Wayt et dit :

"Attention, *señor*, on les a trouvés sans le vouloir."

Wayt le dévisagea froidement, puis brandit sa cravache. El Guero leva le bras pour se protéger et détala. Derrière une petite dune, ils aperçurent la carcasse d'un cheval. Deadwood mit pied à terre.

"Ça remonte à pas longtemps, déclara-t-il. Deux ou trois minutes à peine… Il est tout chaud. Les vautours ont pas encore commencé leur boulot."

El Guero découvrit des empreintes de pas dans le sable. Il poussa un cri et éperonna son cheval. Brant White le rattrapa aussitôt. Avec les autres sur leurs talons, Deadwood fermant la marche, ils s'élancèrent au galop sur un versant de faible pente.

Parvenu au sommet, El Guero cria en montrant du doigt : "Là-bas !"

Il sortit sa carabine de son étui et descendit de cheval. Brant l'imita. Juste au-dessous d'eux, sans chapeau, un homme errait dans les sables en agitant les bras. Sa chemise pendait en lambeaux comme s'il s'était précipité tête la première dans un fourré, et il avait perdu une de ses bottes. C'était Red Harness.

Voyant les hommes, il s'écria :

"Tuez-moi ! Tuez-moi !"

El Guero, le visage tordu, épaula sa carabine, mais Joe Tod arrivant à cheval la fit voler.

“Luis !” lança Red en s’approchant, et Brant tira trois fois.

Red reçut les balles en pleine poitrine et s’effondra en avant. Jim descendit vers lui, tremblant sur sa selle. Wayt et Deadwood, impassibles, ne bougeaient pas.

“Nom de Dieu !” s’exclama Joe. Puis il se tourna vers Wayt, livide. “Alors c’est comme ça que vous réglez vos affaires, monsieur Johnson du Kansas !

— Joel King, le hors-la-loi du Texas”, répondit simplement Wayt. Il prit la photo dans sa poche et la tendit à Joe.

Brant et El Guero s’approchèrent de l’homme qui gisait à terre. En les entendant, il leva la tête, puis la laissa retomber.

“Ils m’ont planté, dit-il. Mon cheval était fichu, et ils m’ont planté là.”

Joe fixait la photo.

“Grosse récompense, j’imagine. On vous avait refilé un tuyau, à vous et à Luis… Ouaip. C’est bizarre.”

Brant se retourna pour crier à Wayt :

“Il est mort.”

El Guero revint en courant et posa une main sur l’étrier de Joe.

“À cause de toi, je perds la récompense ! Tu m’as arraché la carabine des mains.”

Joe s’esclaffa.

“Luis, répliqua-t-il, va bien falloir que tu comprennes. Les Johnson sont trop malins pour nous, on est que de vulgaires cow-boys.”

Joe rit encore et rejoignit Jim. Ce dernier, mortellement pâle, tenait à peine en selle.

“Luis, dit Wayt, les Johnson sont pas intéressés par cette récompense. Tu la partageras avec Brant et Deadwood.

— *Sí, sí*, répondit El Guero en souriant et en tortillant sa moustache. Merci, *señor*.”

Ils chargèrent le mort sur le cheval de Brant, qui alla à pied. Les autres chevauchaient en silence près de lui. Le crépuscule tombait quand ils quittèrent les sables et pénétrèrent dans les collines entourant Mesquite Springs. Le soleil avait plongé derrière les montagnes de San Miguel et l’ombre montait dans la vallée, mais les plus hauts sommets étaient encore éclairés. Le désert prenait une teinte bleu pâle à présent, contrastant avec le gris sombre des buissons de sauge. Le long de la piste, des cactus géants dressaient leurs formidables silhouettes noires, telles d’énormes croix penchées.

Ils établirent leur campement à Mesquite Springs et préparèrent le dîner. Quand la lune se leva, El Guero et Joe Tod quittèrent le groupe et filèrent vers le ranch des Tod, au nord. Deadwood et Brant restèrent avec le cadavre du hors-la-loi, tandis que Wayt et Jim partaient à Big Mesa afin de rapporter ce qui s’était passé. De là, ils télégraphieraient à Alkali et enverraient un chariot et un cocher pour ramener le corps à Big Mesa.

3

Une célébration en l'honneur de Wayt eut lieu au Golden Girl le soir de son retour. Il fut présenté au public sous la garde d'un comité de citoyens. M. Dixon, l'armurier, puis Marcus Wingett prononcèrent un discours et le félicitèrent d'avoir pourchassé sans pitié les hors-la-loi et tué leur chef. À la fin de son allocution, Wingett leva son verre et dit :

“Les gars… Buvons au prochain shérif du comté de San Miguel.”

Une clameur accueillit ses paroles.

Wayt, un peu pâle, restait imperturbable.

Mais Brant White était ivre. Jouant des coudes au milieu de la foule, il riait et se vantait d'avoir tué le célèbre bandit, Joel King.

Jim et Luther fumaient, assis contre le mur du fond en se balançant sur leurs chaises.

“Wayt se sent pas trop à l'aise au milieu de ce tintamarre, déclara Luther. C'est quelqu'un d'honnête, il aime pas prendre ce qu'il ne mérite pas. T'as une sacrée chance d'avoir un frère pareil, Jimmy.

— Je sais", répondit Jim. Il posa une main sur le bras de Luther. "C'était horrible, Lute, de le tuer comme ça. Brant White a pas plus de cœur qu'un crotale.

— Non, répliqua Luther. Mais il a du cran, et c'est pas rien."

Jim le considéra un moment, puis baissa les yeux et fixa sa cigarette.

"Tu veux dire que moi, j'en ai pas.

— Je veux dire ce que je dis, fit Luther. On cause de Brant White, là, mon grand. Faut que t'arrêtes d'être si sensible et que tu te coltines le boulot. À ce qu'y me paraît, tu devrais surtout voir la chance que t'as, parce que Wayt prend de sacrés risques pour toi.

— Je sais", répéta Jim.

Quand les discours furent terminés et que tous ceux qui pouvaient approcher Wayt lui eurent serré la main pour le congratuler, les parties de poker reprirent. Une excitation intense régnait autour de la table de pharaon de Brant White, et les trois barmans, sollicités aux limites de leur endurance, se bousculaient les uns les autres en renversant de l'alcool sur le bar. Ed Deal, debout à l'extrémité du comptoir, chapeau relevé sur le front et pouces enfoncés dans les emmanchures de son gilet, un gros cigare entre les dents, racontait à un groupe d'hommes qu'il s'était porté volontaire pour prendre en chasse les bandits mais que Wayt l'avait chargé de veiller sur le Golden Girl.

"Vu que ce soir c'est une occasion spéciale, cria Brant, je double la limite, et, messieurs, je me fiche de gagner ou de perdre. Cinquante et vingt-cinq, allons-y, messieurs. Avancez, n'ayez pas peur."

Brant s'assit à la banque pour tirer les cartes. Smith Sanders s'installa sur la chaise du surveillant.

Wayt rejoignit Luther et Jim, assis dans le fond.

"Jim, ordonna-t-il, va aider Ed Deal. Je compte sur toi à partir de maintenant."

Jim se leva sans un mot et passa derrière le bar.

"T'as l'air sur les nerfs, Wayt, fit remarquer Luther.

— Fatigué, c'est tout. Comment va Jimmy ?

— Un brin secoué par l'exécution, mais il tient le coup.

— J'étais obligé de le descendre", dit Wayt.

Wayt s'appuya sur le dossier de la chaise de Luther et balaya des yeux la grande salle pleine de monde.

"T'as vu un des Northrup ou des Tod ? demanda-t-il.

— Non. Ils se font discrets, apparemment.

— Tant mieux." Puis, souriant, Wayt continua : "Joe a été une vraie poule mouillée. Ça m'a étonné de sa part, vu qu'il en a éliminé plus d'un." Il se tut, fixant le bout de ses bottes. "C'était pas beau à voir."

Luther fit un geste catégorique.

"Un salopard de moins."

Le silence tomba entre eux. Wayt resta là encore un moment, avant d'annoncer brusquement : "Dis à Deadwood que j'ai pris son cheval. Je reviens tout de suite."

En sortant du Golden Girl, Wayt vit El Guero qui parlait avec deux autres Mexicains, nonchalamment appuyé contre la barre d'attache. Il portait son ceinturon, revolver dans l'étui. Wayt s'approcha.

"Luis, on n'accepte plus les armes à Alkali."

El Guero sourit.

"*Señor*, j'allais partir.

— Alors vas-y, répliqua Wayt. Je te regarde. Monte sur ton cheval et tire-toi, ou bien dépose ton arme."

Les autres Mexicains s'étaient écartés. L'un d'eux ôta son chapeau et le tourna dans ses mains. El Guero alluma une cigarette.

"J'étais justement en train de raconter à mes *compadres* que vous et moi, on est bons amis", expliqua El Guero. Il reprit à l'adresse de ses compagnons, en désignant Wayt puis lui-même : "*Amigos... Señor* Johnson, *amigo. Sí ?*

— Je te regarde toujours", dit Wayt.

El Guero rit, puis, après un signe de tête à ses amis, détacha sa monture et se mit en selle.

"*Adios, amigo*", lança-t-il en souriant à Wayt.

Il donna un coup de cravache à son cheval et descendit la grand-rue au galop. Dès qu'il fut parti, ses deux compagnons s'inclinèrent devant Wayt, puis filèrent dans la direction opposée en se retournant plusieurs fois pour regarder derrière eux.

Suivant son chemin habituel, Wayt passa devant le White Front Saloon, puis prit vers l'est par la rue Huston et emprunta l'Ancienne Piste. La lune se levait au-dessus des collines Rouges et le désert émergeait de l'obscurité, baigné de reflets grisés. Il balança une jambe par-dessus le pommeau de la selle et laissa son cheval avancer paisiblement. Tout était calme, à cette distance de la ville ; loin au sud, des coyotes hurlaient, mais leurs cris faisaient partie du silence. Il repoussa son chapeau en arrière et resta assis à contempler les étoiles.

4

Installé à une table dans une arrière-salle, Wayt faisait une réussite. L'heure du dîner approchait et une ambiance feutrée régnait dans le saloon. De sa place, il voyait l'hôtel Transcontinental. Quelques hommes étaient assis sur un banc devant l'établissement, taillant des morceaux de bois au couteau, devisant tranquillement et crachant dans la rue, image du calme que goûtait la ville depuis près d'une semaine. Il n'y avait eu que trois arrestations, toutes pour ivresse : deux Mexicains et un prospecteur d'Elderville, inoffensifs mais forts en gueule, qui s'étaient assagis après une nuit en prison. Dans un éditorial du matin, le *Courier* évoquait le brusque changement intervenu dans la vie d'Alkali, en l'attribuant à l'ordonnance récemment mise en vigueur et aux Johnson. Mais Wayt se méfiait des apparences, de ce revirement trop brutal. Il y avait anguille sous roche. Des villes comme Alkali, repaires d'hommes sans loi, ne deviennent pas des modèles de paix et de civisme du jour au lendemain.

Il ramassa ses cartes, puis bascula sa chaise en arrière et roula une cigarette. Il se rappelait son arrivée à Alkali.

C'était le soir, le froid tombait. Un grand feu de joie avait été allumé au coin des rues Stonewall et Archer, et un homme se balançait à un poteau télégraphique, pendu par les Stranglers pour avoir tiré sur un barman. Le marshal de la ville n'avait pas essayé de le sauver ; le shérif avait tourné le dos. Cette nuit-là, il était resté allongé dans sa chambre du Transcontinental, écoutant les bagarres et les coups de feu qui détonaient en tous sens. Ça, c'était Alkali. En un an, Luther et lui avaient instauré l'ordre, comme à Dodge City. Mais ce n'était pas terminé, et il le savait. La violence pouvait exploser à n'importe quel moment. Depuis l'attaque manquée de la diligence et la mort de Jud Burt et de M. Thompson, tout était trop paisible.

Wayt se tourna pour regarder par la fenêtre. Poe Northrup venait de sortir de l'hôtel. Il adressa un signe de tête aux hommes sur le banc et traversa la rue en direction du Golden Girl. Wayt n'avait vu aucun des Tod ni des Northrup depuis plus d'une semaine. Volatilisés, semblait-il. Brant White avait rencontré Frame Tod et Walt Northrup à Elderville, mais ils s'étaient montrés avenants, raconta-t-il, et l'avaient invité à boire un verre. Bougrement trop avenants, précisa-t-il.

Wayt étala à nouveau ses cartes et attendit, ne doutant pas que Poe le cherchait. Ce dernier buvait au Transcontinental et au White Front ; il venait rarement au Golden Girl. Un instant plus tard, l'un des barmans ouvrit la porte et annonça :

“Poe Northrup veut te voir, patron.

— OK, dis-lui de venir.”

Poe entra en faisant sonner ses éperons, son grand chapeau incliné en arrière et sa chemise ouverte sur son poitrail. Il n'était pas armé.

"Hé, Wayt.

— Salut, Poe. Asseyez-vous."

Poe s'installa et posa les pieds sur la table.

"Wayt, commença-t-il, la ville a sacrément changé. Et comment ! Les gens en parlent à tous les coins de rue. Ça file droit maintenant à Alkali."

Il rit et entreprit de rouler une cigarette.

"Y a plus besoin de trimbaler son revolver, on risque pas de se prendre du plomb dans le dos, continua-t-il. Et ça, c'est vraiment un progrès. Je me rappelle le temps où on pouvait pas se promener sans ses deux colts, prêt à dégainer et l'œil aux aguets.

— Où voulez-vous en venir, Poe ?"

Poe rit encore.

"Wayt, vous me croirez pas, mais on a décidé de s'aligner derrière vous. Eh oui. Finies, les petites guerres. On va devenir des citoyens modèles. À Alkali, bien sûr. Elderville, c'est une autre paire de manches. Là-bas, faut pas hésiter à manier la gâchette pour maintenir sa réputation, sinon on se fait descendre comme une femmelette. Ici, c'est pas pareil. Pas question de se retrouver derrière les barreaux, on va se ranger avec ceux qui respectent l'ordre public.

— Bon, et alors ?" dit Wayt.

Poe rabattit son chapeau sur ses yeux et le dévisagea.

"Vous me faites pas confiance, hein ?

— Non.

— Quel sale caractère vous avez, vous autres les Johnson, déclara Poe. Justement, Joe Tod me disait hier qu'il connaissait personne d'aussi chatouilleux et d'aussi querelleur que c'te famille-là." Poe ôta ses pieds de la table et se pencha en avant sur sa chaise. "Wayt, reprit-il, en tant que marshal fédéral adjoint qui rêve de devenir shérif, vous avez intérêt à débarrasser cette ville de la vermine. Et moi, en tant qu'éleveur qui tient à ses bêtes, je suis grosso modo de votre côté. D'accord… Pour vous prouver ma bonne volonté, je veux bien vous livrer deux salopards, à condition que vous les pendiez dans le respect de la loi et que vous les descendiez pas comme Joel King.

— C'est Brant qui l'a descendu, corrigea Wayt.

— Sur vos instructions, dit Poe en durcissant les traits.

— Le nom des deux salopards ?" interrogea calmement Wayt.

Poe se pencha encore plus en avant pour observer la réaction de Wayt.

"Ramon Orante et Mike Foster."

Wayt jeta sa cigarette et sourit.

"C'est les gars qui ont tué Jud Burt et le vieux Thompson, expliqua Poe, les yeux brillants. Et qui ont planté Joe King au milieu des Deadman's Flats. Mais on veut qu'ils soient pendus dans les règles, et pas massacrés comme des bêtes.

— Vous êtes drôlement respectueux de la loi, hein ?" fit Wayt.

Poe rigola.

“J’imagine que vous avez pas tellement envie de les attraper. Ça pourrait être gênant de les ramener à Alkali. Si jamais ils causaient.”

Poe et Wayt se défièrent du regard.

“À quoi vous jouez, Poe ? demanda Wayt.

— Je joue pas ! s’exclama Poe. C’est vous qui cachez votre jeu. Moi, je veux que justice soit faite, c’est tout.”

Wayt s’esclaffa.

“Poe, à force de jeter de l’huile sur le feu, vous allez finir par vous brûler la moustache. Si j’étais vous, je mettrais pas trop mon nez dans la loi et je retournerais gentiment à mon ranch. Quelqu’un pourrait vous poser des questions embarrassantes.

— Comme quoi ?

— Comme, par exemple, d’où vient le bétail sur lequel vous avez appliqué votre marquage pour masquer l’ancien. Ou, que faisait Mike Foster chez vous vingt-quatre heures avant le meurtre de Jud Burt et de M. Thompson.”

Poe rit, mais son visage s’était assombri.

“Et vous, rétorqua-t-il, quelqu’un pourrait vous demander où se trouvait ce petit taurillon de Jimmy Johnson, ce même jour.

— Je lui répondrais que c’est à vous qu’il doit poser la question”, dit Wayt.

Poe se leva.

“Et si je parle ? menaça-t-il.

— Alors, je vous arrête pour vol de bétail et je vous fais passer devant le juge.

— Et moi, je vous troue la peau, Johnson !" s'écria Poe.

Wayt ramassa ses cartes.

"Fichez le camp, Poe. Je m'associe pas avec des gens comme vous, et vous réussirez pas à me faire peur."

Poe réfléchit un instant en regardant Wayt étaler ses cartes sur la table.

"Wayt, dit-il enfin, je vous livre ces salopards quand vous voulez, à condition de toucher la récompense.

— Ils sont déjà en route pour le Texas, objecta Wayt.

— Je sais, mais je peux les ramener.

— Non, conclut Wayt. Je traite pas avec vous, Poe, et je me méfierais si je vous croisais à un coin de rue."

Poe rabattit son chapeau sur ses oreilles et claqua la porte derrière lui. Wayt le vit traverser la rue en martelant le sol de ses bottes, entrer dans l'hôtel, ressortir avec son revolver à son ceinturon et monter sur son cheval. Devant le Palace Dance Hall, il fut rejoint par son frère et Frame Tod. Wayt les suivit des yeux jusqu'à ce qu'ils eussent disparu, puis continua à étaler ses cartes.

"Je me disais bien que c'était trop calme", pensa-t-il.

Quand Wayt revint à l'heure du dîner, il chercha Jim dans le bar et interrogea Ed Deal.

"Il est quelque part là derrière. Une Mexicaine est venue le voir.

— Tu la connais ?

— Je crois bien que c'est la fille Orante, répondit Ed Deal, mais vu que toutes les Mexicaines se ressemblent, je suis pas sûr."

Ouvrant une porte latérale, Wayt passa dans le couloir qui desservait les espaces privés à l'arrière du bâtiment. Il avança sans bruit, s'immobilisa quand le plancher craqua sous ses pas et tendit l'oreille. Des voix s'élevaient un peu plus loin.

"Non, disait Jim, c'est pas la peine de discuter. Tu peux pas te rentrer ça dans la tête ? J'en ai fini avec toi, Remedios, on tire un trait, et tu ferais mieux de disparaître."

Remedios répondit à voix basse, d'une voix insistante. Wayt colla son oreille au mur, mais n'entendit pas ce qu'elle disait. Jim se mit à rire.

"Te fatigue pas, Remedios, je suis au courant. Ouaip. Tu m'as menti comme tu as menti à Joel King et à un tas d'autres gars." Il y eut un bruit de chaise qui raclait le plancher, puis se renversait.

"Non, c'est vrai ! C'est vrai !" s'écria Remedios.

Wayt ouvrit la porte. Jim était assis et Remedios pleurait, debout devant lui. En voyant Wayt entrer, elle recula d'un bond contre le mur.

"J'y suis pour rien, Wayt, plaida Jim.

— Remedios, dit Wayt, tu cherches à avoir des ennuis ?

— Non, *señor*.

— Tu vas faire ce que je t'ai demandé ? Ou tu veux que je te mette en prison ?"

Remedios s'affola. "En prison, *señor* ?

— Sors d'ici, *pronto*, et si tu reviens embêter Jimmy, je demanderai à Luther de t'enfermer pour trouble à l'ordre public. Pigé ? Allez, du large !"

Remedios gagna lentement la porte. Mais en chemin, elle s'arrêta et pointa un doigt sur Jim.

"Je l'aime, *señor*.

— Tsst", fit Wayt.

Remedios baissa les yeux.

"J'ai pas d'argent", avoua-t-elle.

Wayt sourit.

"Ça, c'est plus crédible." Sortant son portefeuille, il lui tendit un billet de dix dollars. Les yeux de la jeune fille s'éclairèrent et elle enfouit l'argent dans son décolleté.

"Merci, *señor*."

Wayt la prit par le bras.

"Remedios, dit-il, Jimmy n'a pas d'argent. Si tu as vraiment besoin de fonds, viens me voir."

Une fois Remedios partie, Wayt passa un bras autour de Jim et ils retournèrent ensemble dans le bar.

"Jimmy, quand il arrive quelque chose comme ça, préviens-moi tout de suite.

— Je sais, mais j'ai eu peur. T'aurais pu croire que je jouais pas franc-jeu."

La clientèle du soir commençait à affluer dans la grande salle du Golden Girl. Jim alla donner un coup de main aux barmans derrière le bar. Wayt s'assit à la table de pharaon de Brant et observa la partie.

5

Wayt s'était absenté près d'une semaine. Dès qu'il rentra de Big Mesa, Luther l'entraîna dans une arrière-salle et lui fit un compte rendu de la situation. On pouvait s'attendre à une flambée de violence, annonça-t-il. Les Northrup venaient en ville presque tous les jours, et diverses rumeurs circulaient à propos de l'attaque de la diligence et des deux hommes assassinés. Il montra à Wayt un article découpé dans le *Herald*.

> Les pièces à conviction officiellement retenues révèlent la présence de quatre bandits et de deux complices. L'exécution du chef, Joel King, si elle a paru contenter les citoyens, ne satisfait pas les autorités. Des arrestations seront effectuées dès que possible. Entre-temps, il est certain que plusieurs habitants d'Alkali sont sous surveillance, parmi lesquels deux hommes qui ont participé à la poursuite des coupables.

Après le départ de Luther, Wayt resta assis un long moment, les yeux tournés vers la grand-rue. Il avait été accusé de beaucoup de choses dans sa vie, mais jamais d'une attaque de diligence. Quelle plaisanterie ! Cependant, l'affaire risquait d'entraîner de graves conséquences. Il savait que le clan du shérif, parmi lequel les Northrup, les Tod, et les hommes sans loi en général, ne reculerait devant rien pour le chasser de la ville, ou pour lui tendre un piège afin de l'envoyer au pénitencier de Yuma. Si on en arrivait à une épreuve de force et qu'il n'y eût pas d'autre solution, en tant que marshal fédéral adjoint, il pourrait trouver un prétexte, provoquer des actes de violence qui résoudraient peut-être son problème. Mais il refusait de recourir à de telles manœuvres. Son but, c'était de faire d'Alkali un endroit où les gens vivaient en sécurité, débarrassés des durs à cuire et des brutes qui imposaient leur loi. Et aussi, il voulait devenir shérif.

Il se fit apporter un whisky, puis ôta sa veste, déboutonna son gilet, et poursuivit sa réflexion. La nuit était presque tombée, une lueur bleutée envahissait les rues. Les torches brûlaient déjà devant le Palace Dance Hall, tandis que, un par un, les réverbères clignotaient à mesure que l'allumeur progressait dans sa tournée. La brise du soir apportait un parfum d'automne. Wayt regarda par la fenêtre en tirant pensivement sur sa cigarette.

Depuis son vingt-deuxième anniversaire, il y avait de cela un peu moins de dix ans, il officiait en tant qu'agent du maintien de la paix. Cette vocation, contrairement à la plupart de ses semblables, ne lui était pas venue par hasard. Il l'avait choisie. Doté depuis sa naissance d'un sens aigu de l'ordre, il était outré par l'anarchie et par les conduites débridées qui prévalaient sur la Frontière ; l'insolence tapageuse des mauvais garçons, prompts à dégainer, heurtait violemment le sentiment quelque peu exacerbé qu'il nourrissait de sa propre valeur et de son importance. Après avoir passé une année à Dodge City, durant laquelle il se tint soigneusement à l'écart des bagarres pour rester en vie, il décida de s'engager aux côtés des défenseurs de l'Ordre et de la Loi, d'obtenir un insigne, et de déclarer la guerre aux as de la gâchette. Il commença sa carrière comme shérif adjoint, et, à vingt-trois ans, se fit un nom à Dodge City en tuant une crapule notoire, blessant un autre homme au cours de la fusillade. Devenu marshal à vingt-six ans, chef du parti des Représentants de l'Ordre, il passait pour être aussi dangereux que n'importe quel homme sans loi. Sa réputation acquit une telle ampleur que l'aile conservatrice du parti finit par le considérer à l'égal des bandits contre qui il se battait ; dans son cas, un bandit avec un insigne. Mais il avait mis Dodge City au pas, et, lorsqu'il se résigna à partir pour se lancer dans la prospection avec Luther et Brant White, venus du Texas, un banquet fut donné en son honneur durant lequel on lui offrit un colt à crosse de nacre portant ses exploits gravés sur le canon.

Ils firent faillite tous les trois au Colorado, rejoints par Jim qui avait quitté son emploi à Dodge City. Brant reprit du service dans les maisons de jeu, Luther travailla dans un ranch, et Wayt fut nommé marshal et juge de paix à Rockford, une petite bourgade minière où l'on mourait chaque jour sous les balles. Au cours d'une partie de poker, Brant tira sur un homme à qui il ne laissa même pas le temps de dégainer. Wayt lui évita la pendaison en s'interposant sans hésiter, carabine à répétition en main. Deux jours plus tard, le trio quittait la ville. Jim, qui effectuait des transports de chargement, les retrouva à Trinidad, vendit son attelage et son chariot, puis s'installa avec eux et ils vécurent là tous les quatre pendant près d'un an. Brant tenait la banque aux tables de pharaon, Wayt et Luther s'engagèrent encore une fois dans le maintien de l'ordre, tandis que Jim coulait des jours le plus souvent oisifs. Comme il s'était attiré beaucoup d'ennemis pendant son mandat de marshal, Wayt fut battu aux élections suivantes. Deux soirs après le scrutin, en sortant de chez lui, il essuya plusieurs coups de feu, riposta, et blessa deux prospecteurs. Brant reçut une balle en plein ventre. Luther, fort heureusement, les tira de cette mauvaise passe au moyen d'un fusil à canon scié. Ils quittèrent aussitôt la ville, pourchassés par des hommes en armes qui ne cherchaient pas tellement à les attraper et renoncèrent à la poursuite quand Wayt, à distance, abattit un de leurs chevaux.

Après plusieurs mois d'errance, ils firent une entrée remarquée à Prescott, en Arizona, où leur réputation les avait précédés. Wayt fut nommé marshal adjoint par E. L. Benton, marshal fédéral de l'Arizona, lequel l'envoya à Alkali afin d'y mettre de l'ordre. Wayt commença par éliminer Miguel Soto, le hors-la-loi qui terrorisait les colons et les petits éleveurs de la vallée de

San Jose. Sa renommée s'étendit alors à tout le comté de San Miguel. Luther Johnson termina le mandat du marshal John Fitzgerald, assassiné lors d'une embuscade, victime de cow-boys qu'il avait arrêtés quelque temps auparavant pour trouble à l'ordre public. Plus tard, Wayt captura deux Texans braqueurs de trains et tua le Mescalero Kid, un métis recherché pour meurtre. Avec l'argent des récompenses, il acquit des parts dans le Golden Girl et donna du travail à Jim. Le clan des Johnson était plus prospère aujourd'hui qu'il ne l'avait jamais été depuis l'époque de Dodge City.

Wayt roula une autre cigarette et termina son whisky, puis, posant les pieds sur la table, regarda par la fenêtre. La grand-rue s'emplissait de monde et de bruit à présent.

Un groupe de mineurs, bras dessus, bras dessous, avançait vers le Golden Girl en obligeant les autres promeneurs à s'écarter. Wayt remarqua que deux d'entre eux étaient armés ; l'un tenait un revolver à la main. Au moment même où il se levait, il entendit un coup de feu, puis des cris, et vit Luther se précipiter dehors. Il ouvrit la fenêtre et sauta. Luther frappa le mineur le plus proche sur la tête avec le canon de son revolver. L'homme s'écroula à terre. Deux des mineurs traversèrent la rue en courant pour se réfugier dans le Transcontinental, mais Wayt attrapa celui qui avait tiré. Un attroupement se forma tout autour, tandis que Brant White sortait du Golden Girl, le chapeau de travers, agrippant un fusil de chasse.

“Des gars d’Elderville, hein ? grommela-t-il. Wayt, laisse-moi m’amuser un peu avec mon p’tit jouet… Peut-être qu’ils hésiteront moins à décamper.

— Le coup est parti par accident, dit le mineur qui avait tiré. Je voulais de mal à personne, monsieur Johnson.”

Les mineurs se serraient les uns contre les autres en jetant des regards inquiets à Brant, qui braquait toujours son fusil.

“Flanque-les derrière les barreaux, Luther, décréta Wayt. Ça leur apprendra. Ils se croient à Elderville.

— C’est bien ce que je compte faire, Wayt.”

La foule livra passage à Joe Elder, un homme d’une soixantaine d’années, propriétaire de deux grosses mines d’argent.

“Je les prends sous ma responsabilité, Wayt Johnson, dit-il en s’approchant. Ils allaient rentrer chez eux, pas vrai, les gars ? Ce sont mes hommes, je m’en porte garant.

— On les emmène en prison, monsieur Elder, répondit Wayt.

— Non, vous les relâchez, ordonna Elder, qui avait l’habitude qu’on lui obéisse. Ils ne nuisent à personne.

— On va les boucler, expliqua Luther, parce qu’ils étaient armés.

— Allez, discutez pas”, dit Wayt en poussant les prisonniers vers la prison.

Mais Joe Elder le serrait de près en le tenant par la manche. Luther passa les menottes au mineur qui avait tiré. Brant abandonna le seuil du Golden Girl et s'avança pour fermer la marche, fusil pointé à hauteur de la hanche. Rires et moqueries fusèrent dans le cortège à leur suite.

"Mettez-leur une amende, là, immédiatement, proposa Joe Elder. C'est tout ce que vous ferez au bout du compte, vous et votre juge, ce vendu... Condamnez-les à une amende, et je la paierai."

Wayt se tourna vers Joe Elder.

"Monsieur Elder, dit-il en le dévisageant froidement, je vous conseille pas de vous approcher de la prison si vous tenez ce genre de discours."

Elder recula d'un pas, puis se fondit parmi la foule en marmonnant dans sa barbe. À l'arrière, une voix lança : "Hé, Joe ! À ce qu'on raconte, les Johnson se préparent à attaquer une autre diligence !" Brant fit aussitôt volte-face. Un homme se détacha de la masse, courut sur quelques mètres en trébuchant, et s'étala de tout son long. C'était un des vachers de Joe Tod. Brant le releva sans ménagement.

"T'as trop bu, hein ? cria Brant. Trouble à l'ordre public et résistance à un agent... Allez, t'es bon pour passer une nuit en prison.

— C'était pas moi, protesta le vacher. J'avais peur que vous croyiez que c'était moi, parce que le gars d'à côté l'a crié."

Brant rit et le poussa vers une rue adjacente où se trouvait la prison.

Voyant que Brant n'avait pas l'intention de lui faire de mal, le vacher s'enhardit. "En plus, vous êtes même pas un agent.

— Ah ouais ?" Brant écarta les pans de sa veste, révélant un insigne accroché sur le revers. "C'est quoi ça, alors ?"

Chargé officiellement par Wayt de le remplacer pendant son absence, il attendait l'occasion de montrer son autorité. Mais le vacher tenta de se débattre.

"Vous pouvez pas arrêter quelqu'un parce qu'il a couru.

— Écoute-moi bien, cow-boy… T'as déjà vu un homme abattu à bout portant avec un fusil de chasse ?

— Non.

— Ça l'explose en deux, figure-toi."

Le vacher garda le silence jusqu'à la prison, où Luther et Wayt enfermaient déjà les mineurs.

"En v'là un autre, dit Brant.

— Ce sera tout ? fit le geôlier.

— Ben, quoi ? En un seul voyage, ça suffit pas ?" rétorqua Brant en riant.

Luther, Brant et Wayt s'assirent sur le banc devant la prison, le temps que les curieux se dispersent. Mais bientôt, des coups de feu éclatèrent du côté du Golden Girl. Luther se précipita en vociférant. Brant et Wayt furent rejoints par Smith Sanders et Deadwood.

"Les v'là tous regroupés, lança une voix parmi la foule qui avait aussitôt accouru. La boucherie va commencer ! Faites gaffe de pas vous prendre une balle dans le dos, les gars."

Une détonation claqua, suivie d'une clameur hilare. Brant monta sur le banc et leva son fusil.

“Un ! cria-t-il. Deux… Quand j’aurai dit « trois », le croque-mort aura de quoi s’occuper.”

Les hommes des premiers rangs commencèrent à reculer, un pas après l’autre, mais les autres au fond poussaient vers l’avant.

“Trois !” cria Brant, et il tira un coup de semonce vers le sol. Ce fut aussitôt la panique. Les gens s’éparpillèrent en tous sens et quelques minutes plus tard, la rue était déserte devant la prison.

“*Whoopee !* claironna Brant en agitant son fusil. Même une mouche oserait pas se poser sur le marshal adjoint.

— Deadwood, dit Wayt, va voir comment s’en sort Luther.”

Deadwood s’éloigna en ajustant son ceinturon afin de pouvoir dégainer rapidement si nécessaire.

“Les choses reviennent à la normale, commenta Wayt. On peut s’attendre à avoir du pain sur la planche.

— Tant mieux, se réjouit Brant. C’est comme au bon vieux temps, Wayt.

— Ed Deal parle de vendre et de partir à Tuscan”, annonça Smith.

Brant éclata de rire, mais Wayt déclara sérieusement : “Rachète-lui sa part, Brant.

— Moi ! Sûrement pas. Je suis fauché.

— Et toi, Smith ?

— J’y pense, répondit Smith.

— Parfait, conclut Brant. Ça sort pas de la famille, comme ça.”

Peu après, Luther revint en traînant deux cow-boys qui protestaient vivement. Deadwood couvrait l'arrière, revolver au poing.

"J'aurai bientôt plus de place, fit observer le geôlier. Va falloir que vous trouviez quelqu'un pour m'aider, Wayt.

— Ces gredins-là s'imaginaient qu'ils pouvaient défourailler tout leur soûl dans le Golden Girl, raconta Luther. Ed Deal a fait un malaise. D'après Doc Harley, c'est une crise cardiaque.

— Sans blague", dit Brant.

Les cow-boys étaient ivres.

"Wayt Johnson, menaça l'un, on va t'envoyer six pieds sous terre."

Brant le bouscula violemment. Le geôlier ouvrit la porte, et Luther poussa les deux hommes dans une cellule où ils se mirent à brailler et à jurer.

"Deadwood, ordonna Wayt, reste ici pour surveiller. Brant prendra la relève à minuit.

— OK, patron.

— Vous savez ce que je vais faire ? dit Brant. Je vais les laisser filer, et dès qu'ils passent la porte, je les truffe de plomb.

— Tsst", fit Wayt.

Au Golden Girl, une foule enivrée s'agglutinait devant le bar et les parties de poker allaient bon train. Brant s'installa à la table de pharaon. Il tira les cartes en gardant son revolver près du coude. Smith était assis à la place du surveillant, son colt sur les genoux. Jim supervisait les barmans derrière le comptoir et servait à boire de temps en temps. Près de la porte, Luther scrutait tous les nouveaux arrivants.

Wayt monta voir Ed Deal. Ce dernier était étendu sur son lit, très pâle. Doc Harley fumait à son chevet.

"Il paraît que t'es tombé, dit Wayt.

— Oui, répondit Ed. Cette ville m'épuise. Ça va éclater, Wayt. J'en peux plus, et j'ai le cœur qui lâche.

— Il s'est écroulé comme une masse, expliqua Doc. J'ai cru qu'un de ces cow-boys l'avait eu.

— Ed, reprit Wayt, Smith envisage de racheter ta part, si tu vends.

— Dieu soit loué", soupira Ed.

Wayt essaya tant bien que mal de lui remonter le moral. Au bout d'un moment, Jim ouvrit la porte.

"Wayt, dit-il, Henry Williams veut te voir.

— J'arrive." Se tournant vers Ed, Wayt ajouta : "Je t'envoie Smith dès qu'il trouve le temps."

Il sortit, pendant que Jim lui tenait la porte ouverte.

"Jim, dit Ed, viens t'asseoir un peu."

Jim hésita. "C'est qu'on chôme pas derrière le bar... D'accord, je reste une minute.

— Parfait", dit Doc Harley en se levant.

Le juge Williams attendait Wayt au pied de l'escalier. C'était un homme de petite taille, avec des cheveux blond cendré qui grisonnaient au-dessus des oreilles et un regard bleu perçant. Il ne souriait pas ce soir-là, contrairement à son habitude.

"Quel bon vent vous amène, Henry ? dit Wayt. Venez par ici."

Il l'entraîna dans une pièce à l'arrière et ils prirent place autour d'une table.

"Vous buvez quelque chose ? proposa Wayt.

— Non." Les yeux baissés, Williams essuya longuement ses lorgnons.

"Vous avez l'air bien sombre tout d'un coup, Henry. Qu'est-ce qui ne va pas ?

— Wayt, je dois accomplir une mission très pénible. J'ai ici une déclaration à vous montrer. Si je n'étais pas fermement décidé à soutenir le camp des Johnson, j'aurais déjà fait procéder à quelques arrestations, mais les choses étant ce qu'elles sont !" Il écarta les mains dans un geste d'impuissance et haussa les épaules. "Regardez ça, Wayt, continua-t-il en sortant un document de sa poche, et vous comprendrez que je me trouve dans une situation des plus embarrassantes."

Wayt jeta un coup d'œil à l'en-tête de la déclaration, puis il lut, en regardant de temps à autre Williams qui le fixait de ses yeux bleus imperturbables. À la fin, il sourit, replia le document et le rendit au juge.

"Mensonges, dit-il. Remedios Orante, je la connais mieux que mon chapeau. Jimmy la fréquentait beaucoup à une époque, mais il la fuit comme la peste maintenant. Vous comprenez ? Elle fait ça pour se venger.

— Je vois, répondit Williams. Mais Wayt, j'ai connaissance de ce document officiellement. On me force la main. Seulement, je n'en parle pas. Personne ne l'a vu, sauf moi. Et Charley Lung, mais il ne sait pas lire." Il se tut, tapota ses doigts sur la table, puis reprit : “Eh bien, non. Moi je dis que cette déclaration peut attendre, et s’il arrivait que cette jeune Mexicaine revienne sur son erreur et jure l’inverse, alors ce morceau de papier partirait en fumée sans qu’un mot en transpire.”

Wayt sourit.

“Vous savez que Jim n’avait rien à voir avec ce hold-up, Henry.” Comme Williams gardait le silence, il ajouta : “Ça vous ennuierait de rester à votre bureau un tantinet plus tard ce soir ?

— Absolument pas. Il se trouve que j’ai du travail à rattraper.

— Parfait. Je passerai vous voir. Et je sais que cette Remedios vous racontera une tout autre histoire, quand elle sera dégrisée.

— C’est vrai qu’elle m’a paru un brin éméchée la première fois. Oh que oui. Maintenant que j’y repense.”

Wayt partit. Dans le saloon, Williams joua un moment au pharaon, puis regagna son bureau.

Après avoir quitté la grand-rue au croisement avec la rue Bonanza, Wayt tourna encore et fila sur Santa Ana, sombre et déserte. Il marchait au milieu de la chaussée, d’un pas rapide. Aucune lampe n’éclairait les maisons en adobe serrées les unes contre les autres, mais de temps à autre, une porte s’ouvrait et jetait un pinceau de lumière sur son chemin. Dans le quartier de la gare, des femmes assises devant les façades le hélèrent : *“Señor, oiga a mi !”* Elles dressèrent une brève liste de leurs attraits et proposèrent un prix.

La bicoque des Orante était plongée dans l'obscurité, mais Wayt distingua une silhouette assise sur un banc à ras de terre, près de la porte. Il frotta une allumette. Une vieille femme maigre et ridée, aux cheveux gris sale, se leva d'un bond, effrayée. Elle essaya de voir qui se cachait derrière la faible lueur.

"Remedios est là ?" s'enquit Wayt.

Comprenant le nom, la femme répondit : *"No, señor."* Puis, rassurée, elle se rassit sur le banc et Wayt l'entendit sangloter. Quand il lui demanda ce qui se passait, elle lâcha un flot de paroles inintelligibles en espagnol, dans lequel il repéra le mot *"muerto"*.

"Remedios est morte ? demanda-t-il en s'accroupissant pour la saisir par l'épaule.

— *No, señor.*

— Je veux la voir. Où est-elle ?

— Ah, fit la vieille femme en sanglotant, sans essayer de le comprendre. *Muerto, muerto !*"

Wayt la secoua.

"Remedios *muerto ?* insista-t-il.

— *No, no !* s'écria-t-elle. *Perfido, señor !* Remedios *perfido*." Elle réfléchit un instant, puis expliqua avec effort : "Moi, *abuela*. Rafael *muerto*. Remedios *perfido*. Partie.

— Partie ? répéta Wayt en la secouant à nouveau, plus doucement. *Es asi, o no ?*

— *Es verdad*, répondit la femme. Remedios *perfido*. *Entiende usted ?* Partie."

Wayt tentait vainement de rassembler ses rudiments d'espagnol. Il craqua une autre allumette.

"Partie ?" Dans la lumière tremblotante, il montra du doigt les quatre points cardinaux. "Où ?

— *A donde ?*"

Après une longue pause, la femme dit : "Yuma May.

— Bien." Wayt souffla l'allumette en se redressant. Mais la vieille femme se leva aussi et lui prit la main.

"*Señor*, gémit-elle, Rafael… !" Elle le tira vers la porte. "Rafael *muerto. Entre usted, señor.*"

Wayt la suivit à l'intérieur. Au fond de la pièce, Rafael, les mains croisées sur la poitrine, était couché sur un banc. Deux bougies posées à côté de sa tête diffusaient un maigre éclairage. La vieille femme tomba à genoux en sanglotant. Wayt ôta son chapeau et regarda Rafael, dont le visage basané était tout pâle maintenant, rigide dans la mort. Il pressa gentiment l'épaule de la femme.

"Lo siento", dit-il, et, sortant son portefeuille, il lui donna un billet de dix dollars. Elle tourna la tête pour embrasser sa main. Wayt se recula aussi vivement que si elle l'avait mordu.

Il repartit comme il était venu, puis continua vers l'ouest en empruntant la rue Bonanza. Ici, il y avait des lumières et de la musique. Des torches à pétrole brûlaient devant un dancing mexicain, et une douzaine d'*hombres* étaient appuyés contre la barre d'attache près de la porte. Certains enlevèrent leurs chapeaux quand Wayt passa. L'un d'eux s'inclina.

"Bonsoir, *señor* Johnson. Nous ferez-vous l'honneur d'entrer ?

— Bonsoir, répondit Wayt. Non, désolé. Je suis pressé."

Il gravit le long escalier conduisant à la maison de Yuma May, au sommet d'un petit talus qui dominait la rue. Yuma May en personne ouvrit la porte. C'était une femme imposante, avec des cheveux rouges qu'elle remontait en chignon sur le dessus de sa tête. Elle était vêtue d'une robe de soie violette, et ses seins, pareils à des ballons de baudruche, débordaient de son corset si étroitement lacé qu'elle pouvait à peine marcher ou se pencher. Elle eut l'air étonné en découvrant Wayt, mais sourit immédiatement.

"Monsieur Johnson…

— May, dit-il, je veux Remedios Orante.

— Très bien, parfait, répondit Yuma May. Elle n'est pas occupée. Une fille merveilleuse, monsieur Johnson.

— Je dois lui parler d'une affaire.

— Une affaire ? Ah, je pensais…

— Peu importe ce que vous pensiez", coupa Wayt.

May lui lança un regard noir et monta chercher Remedios. Wayt s'assit sur un canapé de velours rouge, balançant son chapeau d'une main. Des éclats de voix se firent entendre à l'étage, puis un cri. Un homme jaillit brusquement d'une pièce à l'arrière et grimpa l'escalier quatre à quatre. Quand le bruit de la dispute eut cessé, l'homme redescendit d'un pas lourd, tout rouge de l'effort qu'il venait de fournir. En voyant Wayt, il dit :

"Y a des gars, faut qu'ils causent du grabuge, sinon ils croient qu'ils en ont pas pour leur argent." Il lança vers le haut des marches : "Dépêche-toi, je t'attends."

Un petit homme descendit lentement, sa veste sur le bras, chaussures délacées.

“Fiche le camp, ordonna le videur, et n’y reviens pas tant que t’auras pas appris les bonnes manières. C’est une maison pour gens bien ici, on accepte pas les voyous de ton espèce.”

Le regard fuyant, l’homme fila sans demander son reste. Quand il fut sorti, le videur vint se camper devant Wayt.

“C’est pour quoi, ça ? demanda-t-il en désignant son revolver. Les armes sont pas autorisées.”

Wayt leva les yeux vers lui.

“Vous venez d’arriver en ville, hein ?

— Oui, il y a une semaine à peu près. Et alors ? Moi, je vous cause de ce pétard que vous trimbalez.

— Je suis Wayt Johnson.

— Oh, fit le videur en reculant d’un pas. Pardonnez-moi, monsieur Johnson. J’ai entendu parler de vous, pour sûr. Tout le monde vous connaît... Mais je vous avais jamais vu, excusez-moi.”

Wayt garda le silence, fixant ses bottes. Il aimait bien être une figure célèbre, quelqu’un devant qui on changeait aussitôt de ton.

Le videur se déplaça gauchement d’un pied sur l’autre, puis quitta la pièce.

Yuma May entra en roulant outrageusement des hanches. Remedios, toute pâle, la suivait à contrecœur.

“Elle va venir avec moi, May”, annonça Wayt.

Remedios se tourna vivement vers sa protectrice. “Non ! Le laissez pas m’emmener. Je reviendrai jamais.

— Il se trouve que moi, je ne suis pas d'accord, déclara May. Wayt Johnson, c'est une de mes meilleures filles.

— Elle quitte la ville.

— Non, répéta Remedios. Le laissez pas m'emmener, May, s'il vous plaît. Il me tuera.

— Il ne t'emmènera pas", assura May.

Wayt se leva. Même May commençait à se sentir mal à l'aise sous son regard.

"Ils m'ont obligée ! s'écria Remedios en faisant un pas craintif vers Wayt. Ils attendaient dehors…

— May, dit Wayt, vous voulez qu'elle soit tuée ?

— Bonté divine. Vous ne tueriez pas une femme !

— Si, si, il le fera !" gémit Remedios.

May dévisagea longuement Wayt, puis proposa :

"Je vous la donne contre deux cents dollars, sinon je vais voir le shérif.

— Pas un centime, répondit Wayt. Je pourrais me laisser convaincre, vu que c'est votre gagne-pain, mais sûrement pas si vous me menacez.

— Je ne parlais pas sérieusement, monsieur Johnson, rectifia aussitôt May. Je sais bien ce qu'on peut attendre de cet imbécile de shérif." Elle fit claquer ses doigts. "Du vent !"

Wayt sortit son portefeuille et compta cent dollars.

"Non ! Non ! s'écria Remedios en s'accrochant à Yuma May. Ils me tueront.

— Tsst, fit Wayt. Personne te fera de mal, à condition que tu obéisses." Il tendit l'argent à May. "Cent dollars, May, et trouvez-lui des vêtements corrects pour partir."

May fixait Wayt, perplexe, en tapotant du pied par terre. Elle finit par se décider : mieux valait rester en bons termes avec Wayt Johnson.

"D'accord, dit-elle en prenant les billets. Je vais chercher de quoi l'habiller."

Pâle et défaite, Remedios les regarda tour à tour, puis se précipita vers la porte. Wayt la rattrapa.

"Je te donnerai de l'argent pour aller à Tucson. Tiens-toi tranquille, sinon tout ce que tu gagneras, c'est une nuit en prison.

— *Madre ! Madre !* geignit Remedios, et elle s'évanouit.

— Bon sang, soupira May. C'est bien une Mexicaine.

— Choisissez-lui une tenue discrète", dit Wayt en portant Remedios sur le canapé.

6

Quatre personnes seulement attendaient sur le quai lorsque la locomotive de la Southern Pacific entra en gare d'Alkali : Will Price – l'employé du guichet –, Remedios, Wayt Johnson et Henry Williams. Pendant que Price et Williams s'assuraient que Remedios montait à bord, Wayt discuta avec le chef de train, qui était un de ses amis.

Une fois le convoi reparti, Will Price passa un bras autour des épaules de Wayt.

“Sur le pont jour et nuit, hein ? Ça vous arrive jamais de vous reposer ?

— Oh, faut pas vous faire d'illusions sur mon compte, répondit Wayt. Y a pas plus paresseux que moi, en vérité.”

Williams et Wayt prirent congé de Price et remontèrent la grand-rue en silence. Au croisement avec la rue Bonanza, ils s'arrêtèrent. Williams habitait à quelques pas de là.

“Wayt, dit Williams, inutile de tourner autour du pot. Vous avez beaucoup d'ennemis.

— J'en ai jamais eu moins, répliqua Wayt. Un agent du maintien de la paix qui fait son boulot s'attire des ennemis, c'est comme ça.

— Nous ne serons pas satisfaits avant de vous voir élu au poste de shérif, continua Williams. Une chose seulement, Wayt : enchaînez Jimmy et obligez-le à bien se conduire.

— Il est sacrément étourdi, reconnut Wayt. Mais c'est pas un mauvais bougre. Moi aussi, je tenais pas en place quand j'avais son âge, sauf que je mettais toute mon énergie à me battre pour le camp de la loi. C'étaient pas des gens tellement respectables, à l'époque.

— Maintenant non plus, dans certains cas… Bon, eh bien, bonsoir, Wayt. Nous avons pu régler cette histoire de déclaration. Un point pour, un point contre : ceci annule cela… Mais dites-moi, elle était morte de peur, cette Mexicaine !

— Elle croyait qu'on voulait la tuer. Bonsoir, Williams."

Quand Wayt entra au Golden Girl, Jim le questionna : "Où t'étais passé, Wayt ? Brant, moi et les autres, on se demandait…

— Encore à chercher les ennuis", répondit Wayt en souriant.

QUATRIÈME PARTIE

1

Assis à une table, Wingett repoussa son chapeau sur sa nuque, alluma un cigare et sirota sa bière en attendant que le barman sorte. Wayt, debout, adossé au mur, frappait négligemment ses bottes avec sa cravache. Quand le barman eut refermé la porte, Wingett dit :

"J'imagine que vous avez appris la nouvelle, Wayt."

Wayt ne répondit pas, jouant toujours avec sa cravache.

"Vous êtes au courant, oui ou non ?" insista Wingett.

Wayt ne leva pas les yeux.

"Pas sûr.

— Eh bien... Ramon Orante et Mike Foster ont été tués près de Pecos. Deux vachers leur sont tombés dessus. À ce qu'il paraît, on les voyait beaucoup trop traîner par chez nous.

— Comme ça, c'est réglé", conclut Wayt.

Wingett but une longue gorgée de bière, s'essuya la bouche avec un grand mouchoir blanc, et pencha la tête d'un côté.

“Wayt, reprit-il, je viens de voir le maire, et il m’a interrogé à votre sujet. À ce qu’il paraît, il n’est pas content de la justice qui a été faite concernant les meurtres de Jud Burt et du vieux Thompson.”

Wayt gardait le silence.

“Il saurait même de drôles de choses sur la question… Fin Elder ne ménage pas ses efforts.”

Wayt commença à rouler une cigarette. Wingett hésita, puis :

“Parlez, Wayt.

— J’ai rien à dire. Le Mexicain et Foster sont morts par là-bas du côté de Pecos. Moi, j’ai vu Joel King y passer. Et on sait pas qui est le quatrième. Pourquoi en faire toute une histoire ?

— Fin Elder prétend qu’il connaît le quatrième et que c’est un de vos très proches parents. Le *Herald* crie au scandale.

— Faut qu’ils vendent leur journal, répliqua Wayt, et y a rien de notoire qu’est arrivé depuis l’attaque de la diligence. Monsieur Wingett, j’ai l’intention de faire mon devoir. Mais je vais pas partir comme un troupeau en débandade à cause d’un Fin Elder ou d’une minable feuille de chou.

— Wayt, les gens raisonnables ont envie de rester derrière vous. Vous avez agi en hommes honnêtes, vous et Luther, mais avec toutes ces rumeurs qui circulent, certains s’inquiètent même parmi vos partisans.”

Wayt se taisait. Wingett termina sa bière, croisa et décroisa les jambes, ôta son chapeau, le remit. Enfin, il se jeta à l’eau :

“Wayt, je vous pose la question en toute franchise. Est-ce que le petit Jim est mêlé à ce hold-up ?

— Absolument pas, répondit Wayt. Allez donc voir Henry Williams, il vous le prouvera. Tout ça, c’est un tissu de mensonges racontés par ces voleurs de bétail qui s’agitent à un pas d’ici. Ils meurent de trouille à l’idée que je mette de l’ordre dans le coin.

— Fin Elder a le soutien de beaucoup de monde, Wayt, et il clame qu’il va bientôt arrêter des gens.

— Tant mieux pour lui, mais il arrêtera pas Jimmy. Dites au maire que c’est rien que des bobards.”

Wingett se leva.

“Wayt, dit-il, je vous appuie et je ne suis pas le seul, mais vous avez des ennemis à ne plus savoir qu’en faire. Joe Elder, entre autres, qu’il ne faut pas sous-estimer ; tous les Tod et les Northrup ; et Fin Elder lui-même. Je vois pas comment on peut s’en sortir, Wayt. Ça va barder à Alkali d’ici peu.

— C’est pas pour me déplaire”, répondit Wayt.

2

Il faisait chaud. Même si l'on était à la mi-octobre et qu'un vent froid soufflait souvent la nuit, le soleil frappait dur. L'air tremblait dans les rues comme un mirage de plein été. Les hommes se mettaient à l'abri partout où ils pouvaient trouver de l'ombre et le silence régnait sur la ville.

Wayt s'était rendu chez le maréchal-ferrant pour surveiller le ferrage de son hongre et parler avec Justin. Lorsqu'il quitta la forge, il entendit un tonnerre de sabots, et, se retournant, vit deux hommes qui arrivaient au galop sur des chevaux écumants. L'un d'eux était un agent de la paix du district d'Elderville : Harv Jones. Sans chapeau, le visage rougi par la chaleur et le soleil. Wayt n'avait jamais vu l'autre cavalier.

"Hé !" lança-t-il quand ils passèrent à sa hauteur.

Harv pivota sur sa selle, reconnut Wayt, tendit les rênes, et cria pour prévenir son compagnon qui filait devant. Celui-ci s'arrêta et ils revinrent tous deux, plus lentement, vers Wayt.

"Wayt, dit Harv en sautant à bas de sa monture, vu que vous êtes marshal fédéral, je vous livre cette vermine. Il a tué Ben Burley à Elderville et les Tod veulent le pendre."

Wayt considéra l'homme, un petit noiraud qui gardait les yeux baissés, le visage agité de tics nerveux.

"C'est quoi ton nom ?" demanda-t-il.

L'interpellé bredouilla quelques mots inaudibles.

"Johnny Kinsman, dit Harv en répondant à sa place, et c'est un sale type. Il a tué un homme dans le dos. N'empêche que..., continua-t-il. Joe Tod et les mineurs, là-bas à Elderville, ils commencent vraiment à se croire tout permis. Alors j'ai dit, bon sang de bois, vous le pendrez pas, tant que j'aurai cet insigne accroché à ma poitrine.

— Pas question", approuva Wayt.

Johnny se pencha vers lui.

"Les laissez pas faire, monsieur Johnson. Je veux bien être jugé et avaler ma potion, mais pendu, ça non. Je supporterai pas.

— Pendu *par eux*, corrigea Harv, parce que tu seras pendu conformément à la loi, aussi sûr que tu me vois là devant toi.

— Ça se peut, admit Johnny, mais ce sera légal et honnête.

— Y a vraiment des gens qui ont des goûts bizarres, déclara Harv. Enfin bon, c'est pas mes oignons. Moi, j'ai fait mon boulot et me v'là débarrassé.

— Où donc sont-ils, ces gars d'Elderville ? s'enquit Wayt.

— Ils arrivent, répondit Harv. Vous aurez à peine pris de l'âge que vous les verrez déjà débarquer en ville. Je vous préviens, ils sont sacrément remontés.

— Tirons-nous d'ici, supplia Johnny.

— Harv, reprit tranquillement Wayt, j'emmène votre prisonnier. Je vous décharge de toute responsabilité, mais foncez au Golden Girl et dites à Brant White et à Luther de me retrouver à l'atelier de Slack. La prison, pour ce monsieur-là, j'ai pas confiance.

— OK." Harv remonta en selle. Il fit tourner son cheval vers la ville, puis hésita. "Wayt… Écoutez-moi bien. Ces gars-là sont de vrais salopards, ils plaisantent pas. N'allez pas vous faire tuer à cause d'une vermine pareille. Joe Tod est soûl et il a un colt pour chaque main.

— Vous inquiétez pas", répondit Wayt.

Harv s'éloigna à vive allure.

"Viens là, toi, dit Wayt à Johnny. Descends de ton cheval et suis-moi.

— Où on va ?" demanda Johnny en sautant à terre.

Wayt ne répondit pas. Il partit en allongeant le pas, au point que Johnny fut obligé de courir sur ses courtes jambes arquées pour le rattraper.

"Monsieur Johnson, souffla-t-il en le saisissant par le bras, vous allez me défendre, hein ? Pour que je sois jugé comme il faut ?

— Oui. Maintenant, ferme-la et fais ce que je te dis."

Quand ils passèrent devant l'armurerie, M. Dixon apparut sur le seuil.

“Monsieur Dixon, dit Wayt, des gars arrivent d’Elderville pour pendre ce monsieur que vous voyez là et je vais le mettre dans l’atelier de Slack. Je vous conseille de fermer votre boutique et de rester chez vous.

— Merci, Wayt.”

Dix mètres plus loin, Wayt parvint devant un bâtiment en bois inoccupé. L’endroit abritait autrefois l’échoppe d’un cordonnier, et des morceaux de cuir jonchaient encore le sol. C’était un rez-de-chaussée sans fenêtres, coincé entre deux constructions plus hautes, où l’on ne pouvait pénétrer que par la porte donnant sur la rue et une autre à l’arrière. Wayt poussa Johnny à l’intérieur.

“Si des coups de feu sont tirés, ce qui m’étonnerait fort, couche-toi par terre. C’est tout ce que t’as à faire. Autrement, tu bouges pas.”

Johnny s’adossa au mur, l’air hagard, les yeux rivés sur Wayt. Ses mains tremblaient. Quand il parla, son visage se tordit en une grimace douloureuse.

“Vous réussirez pas à les arrêter, monsieur Johnson. Ils sont trop nombreux et ils se laisseront pas intimider.

— Ferme-la, j’ai dit.”

Au bout d’un moment, Johnny s’assit par terre. M. Dixon sortit de sa boutique et verrouilla la porte, armé d’un fusil de chasse à double canon qu’il vint offrir à Wayt.

“Je rentre chez moi, Wayt. Tenez, prenez ça… Les voyous en colère, y a rien qu’ils détestent plus qu’un fusil de chasse. Il est chargé.

— Merci, monsieur Dixon", dit Wayt en acceptant le fusil.

M. Dixon s'éloigna dans la rue. Wayt appuya le fusil contre la façade de la maison et s'assit sur les marches du perron. Les habitants commençaient à se rassembler aux coins des rues, et, de temps en temps, un cavalier passait devant l'atelier en essayant de regarder à l'intérieur.

"Couche-toi par terre, l'ami", ordonna Wayt.

Johnny ôta sa veste et s'en servit comme d'un oreiller.

Luther et Brant accoururent, l'un armé d'un fusil qu'il tenait par la bandoulière, l'autre d'une carabine à répétition. Une poignée de clients du Transcontinental s'étaient précipités sur leurs talons.

"Vous allez où comme ça ? cria quelqu'un.

— À la chasse au canard", répliqua Brant du tac au tac.

Wayt se leva pour les accueillir.

"Wayt, annonça Luther, cet imbécile de Harv Jones est surexcité. Complètement *loco*. Il cause à tout le monde en ville.

— J'ai oublié de le museler", répondit Wayt.

Sans prêter attention au prisonnier, Luther s'assit sur ses talons devant le bâtiment, fusil en main. Brant entra et bouscula Johnny avec la crosse de son arme.

"Dis voir, jeune homme, tu sais pas que c'est contraire à la loi de tuer des gens à Elderville ? Y a du beau monde par là-bas.

— Dommage que ce soit pas un Tod qu'a reçu le pruneau", ajouta Luther.

Se sentant soutenu, Johnny retrouva un zeste de courage.

"Il m'a tellement asticoté, le Burley..., raconta-t-il. J'ai été obligé de tirer pour le faire taire. Quelle grande gueule, celui-là. Toujours à jurer et à maudire les uns et les autres. Ouaip. Et s'il était armé, au moins ! Suffirait de lui dire, sors ton feu ou alors ferme-la. Sauf qu'il répondrait, j'ai pas de feu et je respecte la loi.

— Je vois le genre", dit Brant.

Une troupe de cow-boys défila à cheval en lançant de bruyantes exclamations.

"Bravo les Johnson, ricana l'un d'eux. Une bagarre pour la bonne cause !"

La population s'agglutinait au croisement de la rue Bonanza et de la grand-rue, et un instant plus tard, les hommes d'Elderville commencèrent à arriver, à cheval, dans des chariots, ou par n'importe quel autre moyen. Ben Burley travaillant comme superintendant à la mine Culebra de Cascadel, les mineurs étaient en nombre prédominant, mais il y avait aussi quantité de vachers et de badauds venus se divertir. Frame Tod chevauchait à côté d'Ed Howe, un contremaître de la mine, qui était armé d'une carabine.

"Regardez-le, s'exclama Brant en montrant du doigt Frame Tod. C'est t'y pas un cow-boy, ça ? Je donnerais un paquet de pognon pour lui mettre mon poing dans la figure, et des deux côtés, je vous le dis.

— T'auras peut-être ta chance, fit observer Luther.

— Ça m'étonnerait que quelqu'un tire, affirma Wayt. Ces types-là se dégonfleront aussi sec, quand ils me verront avec le bon gros fusil de chasse que m'a refilé M. Dixon.

— Je te trouve drôlement avare de cartouches, répliqua Brant. Va falloir que je m'entraîne sur des bouteilles, sinon mon colt finira par rouiller. C'te ville devient trop bien élevée pour moi. Si Joe Tod avait pas piqué le calibre de Luis, j'aurais jamais eu l'occasion de lui trouer la peau, à ce bandit du Texas. Quelle misère.

— Les voilà", dit Luther en se levant.

La cohorte avançait au milieu de la rue, conduite par Joe Tod et Ed Howe. Des fenêtres s'ouvrirent çà et là, des têtes apparurent. Partout sur les toits, en face de l'atelier, des curieux s'étaient postés en masse. Wayt se leva.

"Luther, garde la porte de derrière et ne tire que si on te force la main. Mais dans ce cas-là, fais-leur comprendre qu'on rigole pas. Balance la sauce."

Luther traversa l'atelier et sortit. Johnny s'assit.

"Ils arrivent, c'est sûr ? demanda-t-il en claquant des dents.

— Et pas qu'un peu, répondit Brant. Baisse la tête.

— Brant, dit Wayt, reste à la porte et retiens ton doigt sur la gâchette. Si je dois tirer, tire en même temps que moi.

— Ouaip. Et je vais me faire un Tod."

Johnny se mit soudain à trembler de tous ses membres, puis à sangloter.

"Boucle-la, ordonna Brant en le houspillant de sa botte. D'ailleurs, pourquoi tu pleurniches ? Mince alors ! Si on est là sur le point de défourailler, c'est pour t'éviter d'avoir la corde au cou, pas vrai ?"

Johnny plaqua sa veste sur son visage et se coucha par terre.

Attrapant le gros fusil, Wayt s'avança vers les hommes d'Elderville.

"Écoutez-moi vous autres, lança-t-il, je vous accorde une distance de dix pas. J'ai la ferme intention de conduire Johnny Kinsman devant un tribunal juste et équitable, et je compte pas qu'on me mette des bâtons dans les roues. Si vous approchez à moins de dix pas, il y aura du monde à enterrer."

La troupe avançait toujours, mais plus lentement maintenant. Ed Howe brandit sa carabine.

"Wayt Johnson, hurla-t-il, on veut pendre haut et court ce salopard, et vous pourrez pas nous en empêcher."

Des cris et des ricanements s'élevèrent derrière lui. Frame Tod agita son chapeau blanc.

"Wayt, cria Joe Tod à ses côtés, j'ai vu Brant White abattre une vermine sous vos yeux et vous avez même pas cillé. Pourquoi vous protégez Kinsman aujourd'hui ?

— Halte ! fit Wayt en épaulant son fusil. Vous êtes arrivés à dix pas, même deux de moins. Bougez plus, sinon j'en tue quelques-uns parmi vous.

— Colle-leur une bonne leçon, Wayt !" s'écria Brant en mettant en joue.

Les hommes s'immobilisèrent. Certains aux premiers rangs commencèrent à reculer, marchant sur les pieds de ceux qui poussaient derrière. Au fond, des apostrophes et des jurons fusèrent. “Vous allez pas vous laisser intimider par deux bonshommes de rien du tout ! Froussards !” Frame Tod agitait vainement son chapeau. Joe Tod adressa quelques mots enflammés à Ed Howe et celui-ci, après lui avoir tendu sa carabine, fit trois pas vers Wayt.

“N’avancez pas plus, Ed”, l’avertit Wayt.

Ed s’arrêta.

“Wayt, je vous ai toujours pris pour quelqu’un de raisonnable. À quoi bon vous faire descendre à cause d’un minable poltron qui tire sur les gens quand ils ont le dos tourné ?

— Inutile de discuter, répondit Wayt. Reculez avec les autres, Ed, et dites à ces messieurs de se disperser, *pronto*, sinon je les arrose d’une volée de plomb.

— On emmène ce salopard, Wayt”, dit Ed.

Sans répondre, Wayt pointa son canon sur les hommes du premier rang en les balayant de droite à gauche. Ed fit deux pas en arrière et reprit le fusil qu’il avait confié à Joe Tod.

“Allons-y, les gars, cria Ed. Il est à nous.”

Mais personne ne bougea.

Brant éclata de rire. Il posa son fusil contre le mur et s’assit.

“M’est avis que Wayt peut se débrouiller tout seul. Je vais faire une petite sieste.”

Obéissant à un ordre de Joe Tod, quatre hommes s’éclipsèrent et enfilèrent la rue Bonanza pour gagner l’arrière de l’atelier. Ils furent accueillis par Luther, carabine au poing.

"Du large !"

Ils détalèrent aussitôt. Chacun savait que Luther était moins patient que Wayt.

En les voyant revenir, Joe Tod jeta son chapeau par terre, l'écrasa, puis se retourna et partit en se frayant un chemin à coups d'épaule.

"J'en ai fini avec vous, bande de lâches", déclara-t-il, furieux.

Brant s'esclaffa.

"J'ai l'impression que Joe, là, il s'énerve parce que vous autres, vous avez pas envie de vous faire tirer dessus pour ses beaux yeux."

Ed Howe agita les bras avec véhémence.

"Allons-y, les gars ! On va le chercher."

Johnny avait entendu l'injonction. Il repoussa vivement la veste étalée sur sa tête, et, aussitôt debout, fonça sur la porte de derrière, mais Luther le frappa avec la crosse de sa carabine et l'obligea à rentrer.

"Il est là !" cria quelqu'un. Dynamisés, les hommes se remirent lentement en marche.

Brant se leva d'un bond et attrapa son fusil.

"Tuez ce maudit Johnson ! rugit quelqu'un sur les côtés.

— Très bien, dit Wayt. Allez-y, tuez-moi."

Il se campa solidement sur ses jambes et braqua le fusil, balayant à nouveau les premiers rangs qui hésitèrent et commencèrent à reculer ; derrière, les autres poussaient et juraient.

"Descendez-le ! Descendez-le !" vociféra une voix.

Wayt se retourna et fit un clin d'œil à Brant.

“Prêt, Brant ?”

Brant hocha la tête.

“Je compte jusqu’à trois, cria Wayt, et on envoie la sauce !”

Brant leva son fusil.

“Un !”

En face, il y eut un mouvement convulsif accompagné de cris : “Poussez pas !” Quelques hommes du premier rang firent demi-tour et essayèrent de battre en retraite au milieu des autres. Ed Howe ne bougea pas.

“Deux !” cria Wayt.

Ceux qui étaient placés sur les côtés filèrent entre les bâtiments, se glissèrent dans les magasins, tournèrent au coin de la rue. Deux bagarres au poing éclatèrent, tandis que la troupe s’agitait comme du bétail pris dans un orage. Puis un coup de feu détona par accident, et ce fut la panique. Les hommes s’affalèrent à plat ventre en trébuchant dans leur course, tombèrent les uns sur les autres, bras et jambes emmêlés. Un instant plus tard, ils s’enfuirent tous à qui mieux mieux, sautant par-dessus des barres d’attache, abandonnant leurs armes en hâte, se réfugiant derrière les poteaux du télégraphe, escaladant des fenêtres ouvertes. Ne restèrent plus qu’Ed Howe et Frame Tod.

Ed jeta son fusil, écœuré.

“Vous avez gagné, Wayt. Ces gens-là me font honte. J’ai jamais vu une telle bande de dégonflés.

— Wayt Johnson, lança Frame Tod, vous avez pas froid aux yeux, et c’est rien de le dire.”

Brant lui retourna le compliment. “Pour sûr, Frame, t’es pas du genre qui baisse son froc.”

Johnny, à présent que le danger était passé, apparut sur le seuil et fit un pied de nez à Ed Howe, mais Brant l’envoya à terre d’un coup de poing.

3

Assis dans l'arrière-salle, Wayt lisait une lettre d'Ed Deal, qui avait pris un emploi de barman à Tucson.

L'ami Wayt,

*Je suis à Tucson depuis cinq jours et je m'y plais bien. Ces pas autant le bazar qu'à Alkali et y a pas d'*hombres locos *qui tire partout. Je suis très content ici et j'ai un bon boulot. Passe mes amitiés à Smith, j'espère qu'il s'en sors avec le bar et tout. Si j'aurai pas eu de problème avec le palpitant, je serai resté à Alkali parce que j'ai pas peur de personne. L'ami Wayt, je crois que tu sé pas combien d'ennemis tu as, et vu que je suis à Tucson maintenant, je vais te dire ce que je sé. Fin Elder te déteste pis que le poison, et il m'a dit que Jimmy et toi vous avez manigancé le hold-up. J'y ai répondu, Fin Elder, vous êtes un menteur. Et il a dit, ces la vérité devant Dieu, Ed. Alors j'y ai encore dit, y a pas plus honnête dans tout Alkali que Wayt Johnson. Mais Fin il étais pas d'accord avec ça. Je t'ai défendu, Wayt. Bon, je m'arrête là.*

Meilleurs sentiments,

Edw. C. Deal

Wayt ouvrit ensuite un colis en carton qu'il avait reçu le même jour, soigneusement emballé et rempli de sable ; à l'intérieur, il découvrit une cartouche de calibre 45 et un morceau de papier sur lequel était écrit au crayon à papier :

Un petit cadeau pour monsieur Wayt Johnson (le Prêcheur). Le frère de ce message sera envoyé plus tard.

Après être resté longtemps immobile à contempler la rue par la fenêtre, Wayt mit la lettre dans sa poche et passa dans le bar. Luther jouait au poker à une table du fond et la partie de pharaon de Brant battait son plein. Wayt s'approcha de Luther.

"C'est calme ?

— Je dirais que oui.

— Où est Jim ?"

Luther fit un geste du pouce par-dessus son épaule et, se retournant, Wayt aperçut Jim assis avec Deadwood qui venait de rentrer de War Bonnet. Il les rejoignit.

"Alors, demanda-t-il à Deadwood, tu as livré ce Johnny à Ned Walker ?

— Oui, répondit Deadwood en souriant, et le Walker était sacrément content de le boucler. Il est recherché là-bas sous le nom de Joe que'que chose. À ce qu'y paraît, il a dégainé en pleine partie de poker et a touché quelqu'un.

— Pas d'ennuis en chemin ?

— Rien de bien méchant…, dit Deadwood en traînant la voix. Juste deux Mexicains qui me paraissaient louches. Ils m'ont suivi sur deux ou trois kilomètres un peu avant le matin. Je leur ai fait signe d'approcher, ils ont pas bougé, alors je les ai canardés de loin et j'ai eu un cheval.

— Tu les as reconnus ?

— Je peux pas dire que oui. Après, je me suis fait un brin de souci en traversant Wagon Pass, parce que le Johnny il avait une peur bleue des Peaux-Rouges et il me suppliait de lui refiler un colt, pour le cas où on en croiserait. Je me disais, si jamais il se débine, je suis obligé de dégainer."

Wayt se tourna vers Jim et annonça :

"Je sors, Jim, j'ai quelque chose à régler. Si je suis pas de retour d'ici une heure, envoie Luther au White Front.

— Je viendrai, moi", répondit Jim.

Wayt réfléchit un instant, puis se décida :

"Prends ton arme et accompagne-moi tout de suite."

Jim alla chercher un revolver derrière le bar.

"Préviens Luther", dit Wayt à Deadwood, et ce dernier hocha la tête.

Wayt et Jim quittèrent le Golden Girl et descendirent la grand-rue en direction du sud. Les rues étaient animées et pleines de monde. Depuis que la bande d'Elderville avait échoué dans sa tentative de reprendre Johnny Kinsman, l'anarchie s'était à nouveau emparée de la ville, secouée par des rixes et des beuveries en tout genre. À deux reprises, des échanges de coups de feu avaient eu lieu. Le soir, des membres de la faction mise en déroute arrivaient à cheval, déposaient ostensiblement leurs armes au Transcontinental, puis s'enivraient avec l'intention délibérée de semer le chaos. Les dancings affichaient complet ; on ne trouvait plus une seule place au Great Western après dix heures, et les saloons et les maisons de jeu ne fermaient jamais. Alkali courait droit à la catastrophe.

Wayt se tourna vers Jim.

"Cache ton arme sous ta veste, Jimmy, sinon ça va jaser."

Jim s'exécuta. Puis, saisissant Wayt par le bras, il déclara : "Luis Montoya me fiche pas la paix, Wayt. Il veut que je l'aide à faire quelque chose. Il dit qu'il en sait trop et que si je lui file pas un coup de main, il ira tout raconter.

— Te bile pas pour ça", répliqua Wayt.

Ils montèrent sur le trottoir en bois devant le White Front et entrèrent. Il y avait foule au bar, et une demi-douzaine de prospecteurs d'Elderville chantaient à tue-tête en brandissant leurs verres. Un cow-boy qui tournait le dos à Wayt arborait une arme dans son étui. Wayt lui tapota l'épaule.

"Pose cette arme sur le bar", ordonna-t-il.

Sans un mot, l'homme détacha son ceinturon et le tendit au barman. Le chant cessa brusquement. Les clients assis dans le fond de la salle se levèrent pour voir ce qui se passait. Joe Carmeno, propriétaire du White Front, s'approcha de Wayt en souriant. "Au diable les Johnson !" cria quelqu'un à l'autre bout du comptoir, et une huée lui fit écho.

“Salut, dit Joe Carmeno. Vous cherchez quelqu’un ?
— Oui, répondit Wayt. Fin Elder est là ?”

Carmeno se détourna et ils lui emboîtèrent le pas. À l’extrémité du bar, un gros gaillard au visage rougeaud émit un bruit moqueur. Wayt s’arrêta net, puis vint se tenir devant lui.

“Tu as un feu sur toi ?” demanda-t-il.

Sous le regard de Wayt, l’homme, un mineur, perdit la belle audace que lui donnait le whisky. Il baissa les yeux en se balançant gauchement d’un pied sur l’autre. Wayt ouvrit sa veste, découvrit un revolver dans la poche arrière de son pantalon, le prit et le lança à un barman.

“Passe voir le juge Williams demain, ordonna-t-il.
— Je travaille dans l’équipe de jour, monsieur Johnson”, répondit le mineur.

Wayt hésita.

“Bon. La prochaine fois, je te boucle pour la nuit.”

Quand Wayt eut tourné le dos, les amis du mineur firent cercle autour de lui et le montrèrent du doigt en ricanant.

“Puisque vous êtes si malins, vous autres, se défendit-il, pourquoi vous lui sautez pas dessus ?”

Fin Elder, assis dans le fond du saloon, regardait une partie de poker. En voyant Wayt et Jim approcher, il se leva et tripota nerveusement son ceinturon. Les joueurs de poker posèrent les mains sur la table pour observer la scène. Parmi eux se trouvait le fils de Fin Elder. Il se mit aussitôt debout et prit la parole, avant que ni Wayt ni Fin n’aient le temps d’ouvrir la bouche.

“Monsieur Johnson, je tiens à vous le dire tout net, les gens d’Elderville sont sacrément en rogne parce que vous les avez empêchés de pendre haut et court ce sale assassin. Nous autres, on aime pas que ceux qui se prétendent agents de l’ordre, ils se mêlent de ce qu’on pense qu’est juste, en aucune manière, et je vous préviens tout de suite que vous avez pas intérêt à venir à Elderville si vous voulez la paix chez vous.”

Wayt le dévisagea sans répondre. Le fils Elder se rassit, très mal à l’aise, et les autres joueurs de poker échangèrent des regards en souriant.

“Eh bien, dit Fin. Vous voulez me voir, Wayt ?

— Oui”, répondit Wayt en tirant de sa poche la lettre de Deal et en la tendant au shérif.

Jim s’assit à une table inoccupée et commanda à boire. Wayt s’appuya contre le dossier d’une chaise tandis que Fin, lisant la lettre, bombait le torse et devenait très rouge.

“Mensonges, Wayt. Rien que des mensonges.”

Wayt reprit la lettre, la plia et la mit dans la poche de son gilet.

“Fin, je veux faire une petite déclaration ici même, devant vous, étant donné que vous êtes le shérif. Moi, je respecte la loi et je me démène pour mettre de l’ordre dans cette ville sans le moindre soutien de votre côté. J’ai pas tiré une seule cartouche, alors que plus d’un à ma place aurait rempli le cimetière. Maintenant, j’en ai assez. Je vous accuse pas en particulier, Fin. J’accuse personne. Mais si j’entends encore des choses du genre de ce que vous avez lu dans la lettre d'Ed Deal, je rends mon insigne, je sors du Golden Girl et je me comporte comme n'importe quel citoyen. Si vous connaissez des gens qui tiennent de tels propos, Fin, dites-leur que c'est dangereux et vous épargnerez bien de la peine à leurs familles.

— Allons, allons, répondit Fin. Ne vous énervez pas, Wayt. Vous avez des ennemis, ça c'est sûr, mais qui n'en a pas ? La petite affaire dont vous parlez est réglée. Le maire m'a dit aujourd'hui qu'il avait décidé de tout laisser tomber, alors c'est pas utile de vous mettre en pétard."

Wayt se détourna et fit signe à Jim de le suivre. Quand ils furent partis, Fin s'assit à côté de son fils et lui dit :

"Wayt va faire une bêtise un de ces quatre, et là, on le tiendra. Ah, ça oui. Il piquera un coup de sang. À ce moment-là, notre bon monsieur agira dans le non-respect de la loi et les habitants de cette ville pourront se débarrasser d'un sacré enquiquineur."

En sortant du White Front, Wayt passa un bras autour des épaules de Jim.

"Jimmy, ça va chauffer dans pas longtemps. J'ai toujours essayé de t'épargner la bagarre, mais maintenant t'es presque un homme et il faut que tu m'aides. Ouvre l'œil, parle le moins possible… Je compte sur toi."

Jim sentit son estomac chavirer et ne répondit rien. Il avait peur. Un tel discours était inhabituel dans la bouche de Wayt. On pouvait toujours s'en remettre à lui, il avait les choses bien en main, il maîtrisait n'importe quelle situation. Jim décida de parler à Luther.

“Tu m’entends ? demanda Wayt.

— Oui, je t’aiderai.

— Ils me poussent trop loin, fiston. Ils présument de ma bonne nature. Moi, je te le dis, j’aime pas mes ennemis comme un chrétien devrait le faire. Oh que non. Ça me démange autant que Brant de tuer un Tod ou un Northrup. Seulement, je me suis retenu. Ça, oui. Mais maintenant, j’en ai plus qu’assez de cette bande de fanfarons qui roulent des épaules sans tenir aucun compte de personne, et qui prétendent décider de tout et n’importe quoi. J’en ai par-dessus la tête de jouer un jeu de politicien minable, à la manière de Fin Elder, et je suis pas sûr de pouvoir continuer à avaler des couleuvres juste pour me faire élire shérif.”

Ils passaient devant la taverne de Mattie quand un prospecteur solidement bâti déboucha à un coin de rue et heurta Wayt de plein fouet. Jim, qui avait eu le temps de le voir approcher, comprit alors pourquoi il lui avait trouvé un air étrange : l’homme s’était délibérément jeté sur Wayt.

“Nom d’un serpent à sonnette ! s’indigna le prospecteur. Vous autres, les Johnson, vous croyez donc que le trottoir vous appartient !”

Wayt ne dit rien, mais, d’un coup de poing bien ajusté, il envoya le prospecteur contre la barre d’attache.

“D’accord, gronda-t-il entre ses dents. Si t’as un revolver sur toi, vas-y, dégaine.

— Wayt !” s’écria Jim.

Il vit la crosse d’un colt qui dépassait de la poche du pantalon du prospecteur. Mais celui-ci ne fit aucun geste pour l'attraper. Il se massait la mâchoire, et, ahuri, regardait Wayt qui était prêt à bondir comme un animal, ayant perdu son chapeau, les cheveux hirsutes.

"Je cherche pas la bagarre, monsieur Johnson.

— Prends-lui son arme, Jimmy", ordonna Wayt.

Jim obéit. Sans quitter Wayt des yeux, le prospecteur leva lentement les mains. Des hommes accouraient de tous côtés pour voir ce qui se passait. Jim donna le revolver à Wayt, qui le déchargea, mit les balles dans sa poche, puis le rendit au prospecteur. Il gravit ensuite les marches devant la taverne de Mattie et lança :

"Messieurs, je restitue son arme à cet homme. Ce soir, je n'arrêterai personne. J'en ai plus qu'assez de remplir la prison. Mais s'il y a quelqu'un ici qui n'aime pas ma façon de faire, qu'il parle et je lui réglerai son compte."

Wayt était pâle, les yeux brillants. Un long silence tomba. Les hommes échangèrent des regards interdits. Quelle mouche avait donc piqué Wayt Johnson ?

"Viens, Wayt, dit Jim en le tirant par la veste. On s'en va."

Wayt redescendit les marches, ramassa son chapeau, et les gens reculèrent devant lui. Apercevant Frame Tod sur un côté de la foule, il s'approcha de lui.

"Frame, t'as une arme sur toi ?

— Sûr que non", répondit Frame.

Wayt le bouscula d'un coup d'épaule pour l'écarter de son chemin et traversa la rue en direction du Golden Girl.

"Wayt, dit Jim, qu'est-ce qui t'arrive ?

— J'en ai ma claque."

Une fois à l'intérieur, Wayt monta directement dans sa chambre. Jim redescendit pour discuter avec Luther et Deadwood.

Luther sortit faire sa ronde vers deux heures du matin. En tournant au coin de la rue, il crut entendre un léger bruit, comme lorsque quelqu'un qui est caché déplace furtivement un pied. Il recula aussitôt, au moment où jaillissait l'éclair aveuglant d'un fusil de chasse. Sonné par le vacarme de la détonation, il entendit deux hommes qui s'enfuyaient entre les bâtiments, puis, recouvrant ses esprits, il s'élança à leurs trousses, mais les perdit dans les ombres de la rue Santa Ana. À son retour, Wayt et Deadwood étaient debout sur le trottoir avec Brant et Jim, au milieu d'un attroupement de clients.

"On t'a tiré dessus, Luther ? demanda Wayt.

— Oui. Et ils ont bien failli me toucher."

Le grand manteau de Luther avait perdu ses boutons, arrachés par la déflagration. Sur chacun des pans s'arrondissait un trou de la taille d'un poing.

Sans rien dire, Wayt se détourna et remonta dans sa chambre. Luther le suivit des yeux.

"Ça y est, Brant. Ce que t'attendais, tu vas l'avoir maintenant.

— Wayt n'est pas lui-même, pour sûr, fit observer Deadwood.

— Pas lui-même ! railla Brant. Vous connaissez pas Wayt Johnson comme moi je le connais."

Quand ils furent tous rentrés, Jim monta à la chambre de Wayt, mais la porte était fermée et Wayt ne répondit pas quand il frappa.

4

Il était environ dix heures du matin. Wayt avait convoqué l'ensemble du clan Johnson, et, assis avec Jim et Deadwood dans une pièce à l'arrière, il attendait les autres. Jim, les yeux gonflés de sommeil, dodelinait de la tête et vacillait sur sa chaise. Wayt fumait, les pieds sur la table ; Deadwood roulait lentement une cigarette en contemplant les taches claires semées par le soleil sur le plancher. Le bar était désert, la ville silencieuse.

Smith Sanders entra, suivi de Luther. Ils prirent place sans un mot.

"Où est Brant ? demanda Wayt.

— Bob essaie de le réveiller depuis neuf heures, répondit Smith. Pas facile…

— Forcément, il se couche jamais, dit Luther. S'il a pas des yeux de chouette, celui-là, c'est un miracle."

Luther ôta son chapeau et en sortit une demi-douzaine de cigares, puis se mit à rire.

"Regardez voir ce que le maire en personne m'a refilé ce matin. On dirait qu'il a mauvaise conscience ou que'que chose.

— Il est de mèche avec Fin Elder, affirma Smith, aussi sûr que deux et deux font quatre.

— C'est de la bonne camelote, en tout cas", répliqua Luther en distribuant les cigares.

Ils allumèrent les cigares et fumèrent en silence. Un instant plus tard, Brant arriva en bâillant et en s'étirant.

"Hé, les gars, fit-il, c'est pas un poil tôt pour tenir un conciliabule sur la meilleure façon de tuer une poignée de reptiles qui méritent que ça ?

— Assieds-toi, Brant, ordonna Wayt.

— Je peux écouter debout, répliqua Brant. Si je m'assois, je vais roupiller et je serai plus bon à rien."

Il s'approcha d'un miroir craquelé suspendu au mur et rajusta sa cravate. Brant était le seul du groupe à se préoccuper de sa tenue vestimentaire. Il faisait confectionner ses costumes par le meilleur tailleur de Tucson et achetait les chemises et les chapeaux les plus chers qu'il pouvait trouver. Ses bottes, assemblées sur mesure pour ses pieds longs et étroits, étaient pourvues de talons rehaussés de deux centimètres. Il était grand et efflanqué, la poitrine creuse, avec un visage mince et pâle, des dents trois fois trop larges, mais il se comportait comme s'il se croyait le plus bel homme de tout le comté de San Miguel.

"OK, Brant, dit Wayt. Dès que t'auras fini de te battre avec ce miroir, on pourra commencer."

Brant se retourna.

"Wayt, y me paraît qu'on a mieux à faire que de discutailler. Crénom ! Soit on tue, soit on est tués, faut pas chercher plus loin. Je me suis déjà trouvé dans un cas pareil et je sais de quoi je cause. Toi aussi, si je me rappelle bien." Il mit la main dans la poche de sa veste et exhiba une lettre qu'il donna à Wayt. "Ça, c'est mon arrêt de mort, Wayt. Ces cow-boys s'imaginent que je me dégonfle parce que j'ai pas pressé la gâchette depuis un bail, mais je m'en vais leur rafraîchir la mémoire. Rien de tel que le vieux juge colt pour remettre les idées en place."

Wayt prit la lettre et la parcourut. Puis il la tendit à Deadwood, qui la lut et la fit passer à son tour. Il y était écrit :

Alkali en a assez d'un certain minable du nom de Brant White. Les gens d'Alkali seraient sacrément soulagés s'il prenait le train pour aller s'installer ailleurs. S'il change pas sa manière de voir les choses, les habitants lui offriront un enterrement de première classe avec tout ce qu'il faut.

Respectueusement,

LES AMIS DE L'ORDRE

"J'en ai reçu une du même genre, avoua Luther.

— Faut admettre qu'on a rien sur quoi s'appuyer, résuma Wayt. Nous v'là les pattes entravées comme des poulains avant le marquage. Cette ville en a marre de la paix et les gens du coin ne seront pas satisfaits tant qu'ils auront pas vu une demi-douzaine de gars se faire descendre.

— Moi aussi, reconnut Brant, je trouve qu'on se pique trop de belles manières par ici.

— Je me bats depuis un an, reprit Wayt, pour qu'Alkali devienne un endroit où il fait bon vivre, et je dis pas que j'ai fini, mais certaines personnes ici ont besoin qu'on leur rabatte leur caquet et j'ai pas l'intention de les décevoir.

— Vaudrait mieux attendre un peu, suggéra Jim.

— Toujours prêt à la bagarre, le jeune Jim, ironisa Brant.

— Wayt…, intervint Smith. Ton saloon marche bien, tu dois aussi penser à tes affaires.

— Smith Sanders, dit Wayt, la porte est là. J'ai aucun droit sur toi, et en ce qui me concerne, tu peux quitter la partie quand tu veux."

Smith rougit et se dandina d'un pied sur l'autre, mais ne répondit rien.

"Parfait, poursuivit Wayt. Maintenant qu'on est tous d'accord, plus ou moins, j'ai un mot à dire. Je suis toujours marshal fédéral adjoint et je le resterai jusqu'à ce que le maire et Joe Elder emportent l'aval de M. Benton. C'est un brave homme, mais il est mou comme une chique. À partir d'aujourd'hui, vous êtes tous officiellement désignés par le gouvernement fédéral pour m'aider à débarrasser ce pays des bandits qui attaquent les trains, détournent le courrier, etc. J'ai appris que certains se cachaient dans le comté de San Miguel et je compte bien les attraper et les livrer à Oncle Sam.

— Hourra ! s'exclama Brant. Me v'là officiel !

— Ouaip, fit Wayt, vous êtes tous mes adjoints, et que je vous prenne pas à vous balader sans une arme sur vous, parce que ces braqueurs de trains sont des clients sacrément dangereux et des sensibles de la gâchette."

Il y eut un long silence. Hormis Smith et Deadwood, les autres gardaient les yeux fixés sur le plancher. Brant et les frères de Wayt savaient ce que cela signifiait : les ennemis de Wayt l'avaient poussé trop loin. Maintenant, il ne s'arrêterait plus avant d'avoir réglé les choses de la manière qui lui conviendrait. Smith et Deadwood, qui ne connaissaient pas Wayt avant son arrivée à Alkali, n'avaient aucune idée de ce qu'il était capable de faire. Ils ne l'avaient jamais vu, comme Luther, Jim et Brant, entrer dans un saloon où étaient rassemblés une bonne douzaine d'hommes qui avaient menacé de le tuer et ouvrir le feu avec un six-coups dans chaque main. Ils ne l'avaient jamais vu arpenter lentement à cheval la grand-rue d'une ville hostile, défiant quiconque de sortir une arme. Ils ne l'avaient jamais vu dos au mur, seul, encerclé par une bande de Mexicains en colère. Ils ne l'avaient jamais vu frapper un homme de son poing et le trouer de deux balles avant même qu'il ne s'écroule. Pour eux, il était simplement le grand et calme Wayt Johnson, chef du parti des Représentants de l'Ordre ; dangereux, bien sûr, mais patient.

"Hier, j'ai eu une conversation avec le maire, raconta Wayt. Il est à fond contre nous, Luther, faut pas se fier à sa petite distribution de cigares. Il était aimable, onctueux, à me serrer la main et tout, mais au bout du compte, ce qu'il veut, c'est que je retire ma candidature. Parfaitement. Sinon il y aura un bain de sang, à ce qu'il prétend, parce que les éleveurs de San Jose, à savoir les Tod et les Northrup, ces sales voleurs de bétail, et aussi les mineurs d'Elderville, ils m'accepteront jamais comme shérif et mettront la pagaille pendant l'élection... Je peux pas dire que j'ai apprécié."

Wayt sourit et, les yeux baissés, contempla ses bottes. Jim le regardait fixement. Ce n'était pas du tout Wayt qu'il voyait là, mais le Pa Johnson de ses souvenirs : un homme solidement bâti, au visage décharné, qui ne souriait jamais sauf quand il entrait dans une fureur meurtrière.

"En même temps, reprit Wayt, le maire est un type sacrément intelligent, c'est un politicien, comme Fin Elder, et il a raison. Je verrai jamais le bureau du shérif du comté de San Miguel, pour sûr, sauf si je suis arrêté pour meurtre ou quelque chose dans le genre et qu'on m'y amène en route vers la prison..."

Personne ne parla. Même Brant était sous le choc. Il jouait avec la boucle de son ceinturon en se remémorant Wayt à Dodge City, Wayt à Rockford, Wayt à Trinidad. Et il songea que pendant la longue trêve à Alkali, lui aussi avait oublié le vrai Wayt et en était venu à le considérer comme tous les habitants d'Alkali : le grand, le patient Wayt, œuvrant pour la paix.

"J'en ai soupé, les gars, dit Wayt. J'ai fait tout mon possible pour les habitants de cette ville. S'ils ont envie de se laisser mener à la baguette par des voleurs de bétail et des politiciens méprisables, c'est leur affaire. Mais quand on nous envoie des lettres de menaces, des cartouches, et qu'on s'en prend à Luther avec un fusil de chasse, là, ça devient *notre* affaire ! J'ai pas l'intention de rompre la paix, mais je déclare ici devant vous tous que je ne laisserai plus rien passer, pas la moindre petite provocation de la part d'un habitant ou d'un m'as-tu-vu quelconque, et qu'à partir de maintenant ceux qui me cherchent me trouveront."

Il se leva et mit son chapeau.

"Je vais faire un tour. Brant, si tu veux m'accompagner…

— Toujours partant", répondit Brant.

Les autres les regardèrent sortir, puis Luther prit la parole :

"Voilà. Ça va péter.

— Luther, demanda Jim, tu peux pas faire quelque chose ?"

Luther le dévisagea durement.

"Jim Johnson, tu devrais avoir honte de tes paroles, après tout ce que t'as fait qui a poussé Wayt à voir les choses comme ça.

— Ils vont le tuer, dit Jim. D'une balle dans le dos."

Sans répondre, Luther se leva et passa dans le bar. Smith le suivit, très inquiet, en se frottant nerveusement le menton et en se demandant ce qu'il avait de mieux à faire : quitter Alkali sur l'exemple d'Ed Deal, ou tenir bon. On prenait de sacrés risques à s'allier avec les Johnson. C'était parfait pour ce vieux *desperado* de Deadwood ou pour un tueur endurci comme Brant White, mais on ne pouvait guère en attendre autant d'un joueur ordinaire qui n'était pas particulièrement friand de l'odeur de la poudre.

“Jim, dit Deadwood, vaut mieux se ranger derrière Wayt et le laisser agir comme il l’entend. C’est trop tard pour calmer le jeu.

— Je sais bien”, reconnut Jim en hochant la tête.

Tandis que Deadwood rejoignait Smith et Luther dans le bar, Jim, resté seul, s’approcha de la fenêtre et contempla la longue rangée de façades en bois de l’autre côté de la rue. Les arcades étaient désertes maintenant, la ville se taisait. Les bâtiments écrasés sous le soleil aveuglant jetaient de courtes ombres violettes dans la poussière. Au loin, les arêtes fauves des collines Rouges tremblaient dans la chaleur. Jim appuya son front contre la vitre, rongé par les remords au souvenir du passé, ne sachant de quoi l’avenir serait fait.

Quand Wayt et Brant entrèrent dans la forge, Justin était en train de ferrer le cheval de Walt Northrup, sous l’attention vigilante de Walt et d’El Guero. Ce dernier portait une arme à son ceinturon. Il se retourna et sourit.

“*Amigo*, dit-il, j’attends le *señor* Northrup. On va à Elderville, alors j’ai pris mon revolver.

— Prends tous les revolvers que tu veux, répondit Wayt, et dis à tes amis qu’ils peuvent faire de même, je m’en moque. L’interdiction de port d’armes, c’est plus mon affaire.”

Walt Northrup parut troublé par l’expression qui se lisait sur le visage de Wayt. Il baissa les yeux et recula insensiblement vers l’arrière-train du cheval.

“T’as compris, Walt Northrup ? insista Wayt. Je vous le dis haut et fort, à vous tous, voleurs de bétail, fanfarons et autres bonnes gens de San Jose, c'est terminé, j'arrête plus personne pour des broutilles. Défouraillez partout en ville, soûlez-vous et semez une pagaille de tous les diables, mais que j'entende pas un seul mot sur les Johnson !

— Oui, Wayt, j'ai compris", acquiesça Walt, qui semblait pourtant mal à l'aise et perplexe.

Justin lâcha le pied du cheval et se redressa.

"Ils vous provoquent, Wayt ? demanda-t-il.

— C'est surtout qu'ils m'ont provoqué une fois de trop", répliqua Wayt, et Brant éclata de rire.

Sans quitter Wayt des yeux, El Guero recula lentement jusqu'à la porte et sortit. Walt, qui était maintenant passé derrière le cheval, regarda Wayt par-dessus le dos de l'animal.

"Je suis pas armé, Wayt.

— Va chercher ton colt, répondit Wayt, et dis à ton bagarreur de frère de prendre le sien aussi. Je compte bien me promener en ville ce soir, et je ne tournerai pas le dos au spectacle même s'il faut pour ça griller quelques cartouches.

— On cherche pas la querelle, Wayt, protesta Walt. Nous, on veut la paix depuis le début.

— Justin, dit Wayt, je vais vous amener la jument noire que Frame Tod m'a volée il y a pas si longtemps que ça pour que vous lui changiez ses fers.

— Pas de problème, Wayt." Le maréchal-ferrant regarda tour à tour Wayt et Brant, puis, saisissant le sabot du cheval, il se pencha à nouveau sur son travail.

5

Il faisait presque nuit quand Walt Northrup trouva le shérif dans son bureau.

“Fin, c’est clair que Wayt Johnson est devenu complètement *loco*. Il menace tout le monde et appelle à la bagarre, et moi j’y comprends plus rien. J’ai jamais vu Wayt Johnson comme ça.”

Fin bomba la poitrine et sortit un cigare de sa poche.

“Je vais lui parler, Walt. Il m’écoutera.

— Je sais pas… Peut-être que oui, mais peut-être que non. Parler, ça risque de pas suffire, Fin.” Walt hésita, se déplaça d’une jambe sur l’autre, puis reprit : “Vous auriez pas une arme pour moi, Fin ? Faut que je me tire de cette ville et je suis franchement pas tranquille.”

Fin ouvrit un tiroir de son bureau.

“Ça m’étonnerait que tu mettes la main sur quoi que ce soit dans cette pièce, Walt”, dit-il en se détournant ostensiblement.

Walt prit un revolver dans le tiroir et le glissa dans la ceinture de son pantalon avant de sortir. El Guero, qui venait d’arriver, l’attendait à cheval.

“C’est pas trop tôt ! fulmina Walt. Où ce que t’étais passé ?

— J’ai vu le jeune *señor* Johnson, répondit El Guero, dont le sourire avait disparu. Pas moyen qu’il m’écoute… Il s’est passé quelque chose.”

Walt enfourcha sa monture et ils partirent en direction d’Elderville.

“C’est les Johnson ou nous maintenant”, gronda Walt. Puis, après un long silence, il ajouta : “Je vais pas bouger d’Elderville pendant un p’tit bout de temps.”

Fin Elder croisa Wayt au moment où celui-ci sortait de la taverne de Mattie.

“Wayt, dit-il en lui posant une main sur le bras. J’ai entendu beaucoup de paroles belliqueuses aujourd’hui. Je ne tolérerai pas que les gens s’entretuent à Alkali, aussi longtemps que je serai shérif. Cette ville est un endroit paisible où règnent la loi et l’ordre.”

Wayt se dégagea brusquement et continua son chemin sans un mot.

“Ça y est, pensa Fin en s’asseyant dans le restaurant. Je le tiens. Il va exploser, aussi sûr que deux et deux font quatre, et cette ville sera à moi d’ici peu, comme il se doit.”

CINQUIÈME PARTIE

1

Il était presque huit heures du matin quand Luther, qui dormait dans une chambre derrière le bar, fut réveillé par Smith Sanders. Rentré peu avant l'aube au terme d'une nuit agitée, il s'était couché tout habillé en ôtant seulement ses bottes. Smith dut le secouer plusieurs fois pour obtenir qu'il ouvre les yeux. Il s'assit alors sur son lit, s'étira, regarda sa montre.

"Qu'est-ce qui se passe ?" demanda-t-il.

Avant que Smith n'ait le temps de répondre, Jim entra dans la pièce.

"Luther, dit Jim, Walt Northrup est sur le sentier de la guerre et clame qu'il va t'abattre à vue."

Luther bâilla, se leva et versa de l'eau d'un pichet dans une cuvette.

"Cette fois ils rigolent pas, confirma Smith. Je m'en viens de croiser Joe Carmeno, et il a dit que les Northrup et les autres cow-boys allaient frapper un grand coup avant le coucher du soleil.

— Luther, insista Jim, tu entends ce qu'on te raconte ?

— Oui, je vous entends", répondit Luther.

Il se débarbouilla tranquillement et s'essuya le visage et les mains, tourné vers la fenêtre, observant la grand-rue où passait un imposant chariot de minerai tiré par douze chevaux. Le convoi occupait toute la largeur de la voie et faisait trembler les bâtiments. Smith et Jim échangèrent un regard indécis. Enfin, Jim lança :

"Réveille-toi, Luther, et écoute ce qu'on te dit !"

Luther pivota et le fusilla du regard.

"C'est bon ! J'ai entendu ! Quoi, vous voulez que je panique parce qu'un voleur de bétail avec un coup dans l'aile clame qu'il va tirer sur quelqu'un ?"

Il s'assit pour enfiler ses bottes, puis attrapa son ceinturon sur le dossier d'une chaise et examina son revolver.

"Luther, dit Smith, c'est pas une chose à prendre à la légère. Tu sais bien ce qui couve dans cette ville depuis une semaine. Ça va se gâter, là.

— Peut-être", grommela Luther. Et Jim se rappela soudain ce que disait autrefois Pa Johnson : Luther et Wayt étaient taillés du même bois. Il ne comprenait pas comment ils pouvaient afficher un tel mépris du danger. Lui-même n'avait rien d'un lâche ; il s'était retrouvé plus d'une fois à contempler la gueule d'un canon, mais cette idée ne le laissait jamais indifférent. Malgré son physique de Johnson, il tenait des Seward ; émotif et nerveux, comme les frères de sa mère.

Luther se mit debout et coiffa son chapeau.

"Smith, où est Wayt ?

— Il dort en haut, se dépêcha de répondre Jim. On a pensé qu'il valait mieux t'en parler à toi d'abord, vu ces envies de meurtre qu'il a depuis quelques jours...

— Le réveillez pas, dit Luther. Si ces cow-boys lui causent de travers, dans l'état où il est, il les tuera, et c'est pas ce qu'y a de mieux à faire vu la tournure des événements."

Il réfléchit un instant, puis demanda à Smith :

"Où ce qu'il traîne ses basques, ce Walt Northrup ?

— Bob l'a repéré du côté de la rue Santa Ana avec une carabine, y a peut-être dix minutes de ça."

Luther sortit, mais Jim lui lança :

"Vaudrait mieux appeler Brant ou m'emmener avec toi.

— Brant sera pas levé avant encore quatre heures, répondit Luther. De toute façon, j'ai besoin de l'aide de personne avec ces énergumènes. Bougez pas d'ici tous les deux, et si Wayt se réveille, essayez de le calmer.

— Non, protesta Jim en s'avançant, tout pâle. Je suis adjoint aussi, il me semble. Je viens avec toi."

Luther le repoussa. "Pas question. T'es un jeune chiot qu'a encore beaucoup à apprendre. Reste ici comme je t'ai dit et parle à Wayt si jamais il se réveille.

— Tu veux un autre revolver, Luther ? demanda Smith.

— Non".

Après avoir quitté le Golden Girl, Luther partit vers l'ouest en empruntant la rue Archer. C'était une matinée calme, avec un ciel bleu et de gros nuages blancs sur les montagnes de San Miguel. Le vent était froid malgré le soleil chaud et radieux. Il s'arrêta devant la boucherie de Lupfer et scruta la rue de chaque côté. Au croisement des rues Archer et Santa Ana, il aperçut trois cow-boys qui se disputaient avec un homme de haute taille agitant une carabine. Ben Lupfer apparut sur le seuil de sa boutique et l'appela :"Monsieur Johnson, Walt Northrup est soûl comme une barrique et il erre dans les rues depuis le lever du jour. Il va descendre quelqu'un…

— Et le reste de la tribu ? Vous les avez vus ?

— Non, répondit le boucher, mais ce Mexicain qui traîne avec eux a dit qu'ils allaient se rassembler aujourd'hui. Si les choses ne se calment pas, moi, je ferme ma boutique.

— Vous faites pas de bile", dit Luther.

Il ramena l'étui de son revolver vers l'avant, hocha la tête à l'adresse du boucher et avança vers le carrefour. À peine avait-il fait dix pas que l'un des cow-boys l'aperçut et pointa un doigt dans sa direction. Les deux autres se retournèrent, le regardèrent d'un air incrédule, puis ils battirent en retraite tous les trois. L'homme à la carabine resta seul. Les portes se fermèrent bruyamment le long de la rue Archer. Trois hommes assis sur le balcon de l'hôtel Mendes rentrèrent aussitôt en voyant Luther. Moins d'une minute plus tard, il n'y avait plus que Walt Northrup et Luther dans la rue. Quand celui-ci traversa la chaussée, Walt leva sa carabine à hauteur de la hanche. Il était ivre et chancelait.

"Avance pas, Lute Johnson ! cria-t-il. J'ai plus aucune patience avec vous autres."

Luther approchait toujours, balançant souplement les bras le long du corps, chapeau rabattu sur les yeux.

"Avance pas, je te dis ! répéta Walt. C'est mon dernier avertissement."

Luther accéléra le pas et les mains de Walt se mirent à trembler.

"Je vais te descendre, Lute Johnson !" Mais Luther se jeta brusquement en avant, saisit le canon de la carabine et le détourna. La balle alla se ficher dans un poteau de l'autre côté de la rue. Luther frappa Walt de son poing, puis, au moment où celui-ci s'écroulait à terre, fit sauter son revolver de son étui avec un coup de pied bien ajusté.

"Un peu lent à la détente, Walt, fit remarquer Luther en le relevant sans ménagement. On va aller rendre une petite visite au juge Williams, histoire de voir ce qu'on peut faire.

— Non, dit Walt en essayant de se dégager. Réglons ça par un duel. Avec mon six-coups, à une distance de dix pas, je te flanquerai une bonne leçon.

— T'as eu ta chance, Walt. Pour sûr, t'es pas en état de manier une arme."

Il le poussa devant lui, suivi de loin par les trois cowboys et un groupe de badauds. Les portes des boutiques se rouvrirent, les trois hommes ressortirent sur le balcon de l'hôtel Mendes, et bientôt la rue retrouva son visage habituel.

Quand Luther entra avec Walt dans le bureau du juge, Henry Williams était renversé en arrière contre le dossier de son fauteuil, les pieds posés sur le bureau.

Il terminait son café après avoir repoussé les restes de son petit-déjeuner sur un plateau devant lui. Charley Lung, le Chinois installé de l'autre côté de la rue, attendait de pouvoir emporter le plateau. Mais à l'arrivée de Walt et de Luther, il leva les mains en l'air et s'enfuit par la porte de service.

"Charley, cria Williams. Le plateau !"

Mais Charley était déjà loin.

"Henry, annonça Luther, v'là un jeune monsieur qui s'apprêtait à faire du grabuge. Je lui ai pris sa carabine et son revolver. Je l'accuse de résistance à agent et port d'une arme cachée.

— Elle était pas cachée, protesta Walt, et j'embêtais personne jusqu'à ce que t'arrives.

— En plus, continua Luther, il était ivre, dissipé sur la voie publique, et il menaçait de tuer du monde.

— Walter Northrup, ordonna Williams, asseyez-vous et je m'occuperai de vous plus tard. J'ai d'autres soucis pour l'instant."

La porte s'ouvrit et Fin Elder entra, élégamment vêtu d'une redingote, armé d'un fusil de chasse.

"Dites donc, Fin, s'écria Walt. Je commence à en avoir sacrément assez d'être traîné ici par ces diables de Johnson.

— Ma foi, Walt, admit Fin, tu étais éméché, et pas qu'un peu. Je t'ai vu.

— Mais où est-ce qu'on va comme ça ? protesta Walt. Si on peut plus boire un coup dans c'te ville.

— Luther, dit Fin, amenez-moi votre gaillard, je me charge de lui.

— Attendez, Fin, s'interposa Williams. Ici, je suis juge en mon tribunal, et cet homme n'est plus sous la garde de Luther. L'affaire relève maintenant de ma juridiction.

— Henry, répliqua Fin, je m'étonne de voir que vous jouez le jeu des Johnson.

— Fin, prévint Luther, si vous voulez mon avis, faudrait voir à changer votre musique et arrêter de défendre les voleurs de bétail. Parce que Wayt, ça commence à bigrement l'énerver.

— Que Wayt aille au diable ! s'écria Fin, le visage empourpré.

— *Whoopee !* lança Walt. Ça, c'est bien parlé.

— Minute", dit Luther. Il leva le bras et pointa un doigt sur Walt. "Vous voyez ce salopard, là ? Eh ben, il est libre. Relâchez-le. Donnez-lui une arme. Et écoutez bien ce que je vais dire ci-devant : des animaux comme lui, j'en arrête plus maintenant, c'est terminé. Dès que j'en vois un, je tire.

— Oui, c'est ça, une arme ! Donnez-moi une arme ! hurla Walt. Que je le descende, ce Johnson.

— Luther Johnson…", commença Fin. Il se tut quand Luther l'écarta brutalement pour tendre à Walt Northrup la carabine qu'il lui avait confisquée. Fin recula, préparant son fusil, mais Williams bondit et retint Luther par le bras. Walt était debout, sans chapeau, les yeux furibonds.

"Luther, dit Williams, ne faites pas l'imbécile."

Luther jeta la carabine sur le bureau et sortit en claquant la porte.

“Y a pas de mal à tuer les serpents venimeux, les coyotes et les Johnson, déclara Walt. C'est comme ça que je vois les choses.

— Vous en fréquentez beaucoup, je l'avoue”, répliqua Williams.

Fin appuya son fusil contre le mur et sortit un mandat d'arrêt de sa poche.

“J'ai là quelque chose qui pourrait vous intéresser, dit-il à Williams.

— Un instant, répondit Williams. Je dois m'occuper d'un prisonnier.”

Fin posa une main sur l'épaule de Walt.

“Je le prends sous ma responsabilité, décréta-t-il. Il a bu un ou deux verres de trop, voilà tout, et les Johnson lui mènent la vie dure.”

Williams le fit taire d'un geste.

“Walter Northrup, la séance est ouverte et je vous condamne ci-devant à une amende de cinquante dollars pour chacun des quatre chefs d'accusation. Si lesdites amendes ne sont pas acquittées sur-le-champ, je me verrai obligé de vous jeter en prison jusqu'au règlement de la dette susmentionnée.

— Pas question ! s'écria Walt. Je payerai plus aucune amende à des amis des Johnson.

— Payez, sinon c'est la prison, répéta Williams en chaussant ses lorgnons.

— Henry, dit Fin, suspendez ces amendes et donnez-lui une chance.

— Je vois qu'il choisit la prison”, conclut Williams.

Furieux, Walt sortit son portefeuille et prit l'argent.

“Voilà ! Ça va encore engraisser les Johnson et leur table de pharaon. Nom de Dieu, y a plus un seul magistrat honnête dans tout le comté de San Miguel.

— Fin, reprit Williams, faites comprendre à votre ami ici présent que l'outrage à la justice est passible d'une longue peine de prison.

— Du calme, Walt, dit Fin. Tu es dans de sales draps.

— Et mes armes ? demanda Walt. Je peux les récupérer ?

— Absolument pas, répondit Williams.

— Bon ben, ils en vendent quand même encore, dans cette ville de bigots.”

Walt Northrup mit son chapeau et sortit, mais Fin lui lança :

“Walt, attends-moi. J'ai à te parler.

— Fin, dit Williams, vous allez vous attirer des ennuis si vous continuez à prendre le parti de ces vauriens.”

Fin ferma la porte et lui tendit une feuille de papier. C'était un mandat d'arrêt contre Wayt et Jim Johnson, impliqués dans le meurtre de Jud Burt et de M. Thompson. Après avoir parcouru le document, Williams le lui rendit.

“À mon avis, vous n'avez pas intérêt à sortir ça en ce moment. Les Johnson sont sacrément à fleur de peau.

— Oui, mais je le garde sur moi, rétorqua Fin. Si jamais j'ai besoin d'un levier.”

Williams rit.

"Vous n'osez pas le présenter, c'est bien ce que je pensais."

Fin prit un air pincé, bomba le torse, puis sortit en tempêtant.

2

Poe Northrup arriva vers onze heures. Derrière lui chevauchaient El Guero et les frères Tod. Ils attachèrent leurs montures devant le Transcontinental et entrèrent. À la réception, Deadwood était en train de discuter avec Lem Burns, le propriétaire. Poe le saisit par l'épaule, l'obligea à se retourner, puis Joe Tod le frappa avec la crosse de son arme. Une fois Deadwood à terre, Poe se dirigea vers le bar avec El Guero.

"Un pour les Johnson !" dit Frame Tod en partant d'un grand rire, la tête rejetée en arrière.

Joe Tod prit le revolver de Deadwood et le tendit à Lem Burns. Les deux frères relevèrent ensuite leur victime et la traînèrent vers la porte.

"Les Johnson sont pas acceptés dans c't'hôtel, déclara Frame Tod.

— Ouste !" ajouta Joe Tod en lui expédiant un coup de pied.

Deadwood traversa la grand-rue en titubant et entra dans le Golden Girl. Brant White, debout au comptoir, examinait son reflet dans le miroir. Luther parlait avec Henry Williams, tandis que Jim et Smith Sanders se tenaient derrière le bar. Deadwood était pâle, un mince filet de sang lui coulait sur l'oreille droite.

“Eh ben alors, lâcha Brant en riant, tu t'es pris une barre d'attache ?

— Où est Wayt ? dit seulement Deadwood.

— Il est pas encore descendu.

— Qu'est-ce qui se passe ? interrogea Luther.

— Rien.” Deadwood se détourna et disparut aussitôt dans le couloir.

“Ça sent le roussi, déclara Luther.

— Prudence, fit Williams. Rappelez-vous ce que je vous ai dit.” Puis il termina son whisky, posa son verre sur le comptoir et partit.

À l'étage, Wayt venait de quitter sa chambre quand Deadwood le rejoignit.

“Comment tu t'es fait ça ? demanda-t-il aimablement en désignant la coulée de sang, une main sur l'épaule de Deadwood. T'as des ennemis ou quoi ?

— Wayt, répondit Deadwood, on peut plus éviter l'affrontement.”

Et il raconta ce qui était arrivé au Transcontinental. Wayt écouta en silence, puis lui fit signe de le suivre. En bas, il traversa la grande salle sans un mot pour Luther ni aucun de ses hommes et sortit dans la grand-rue. Il ne se retourna pas non plus pour répondre aux questions qui fusaient dans son dos. Jim attrapa son ceinturon derrière le bar et, les mains tremblantes, le passa autour de sa taille. Smith Sanders s'agrippait au comptoir, blanc comme un linge.

“Wayt va tuer quelqu’un, affirma Luther. La loi et le maintien de l’ordre, tout ça c’est du passé.

— Hourra !” s’exclama Brant en fonçant vers la table de pharaon pour prendre son arme.

Ils virent Wayt entrer au Transcontinental, talonné par Deadwood.

“On leur laisse une minute…”, décida Luther.

Dans le vestibule de l’hôtel, Frame et Joe Tod étaient nonchalamment appuyés contre la réception. Wayt se dirigea droit sur eux. Il sortit un petit revolver de sa poche et le tendit à Deadwood.

“Si tu tires, pas de quartier”, ordonna-t-il.

Frame Tod jouait nerveusement avec sa cravache. Joe recula de quelques pas et dit :

“On cherche pas la bagarre, Wayt.

— Dommage, répliqua Wayt, parce que vous l’avez trouvée.” Il se tourna vers Lem Burns, qui se baissait déjà derrière le bureau de la réception. “Donnez son revolver à Deadwood.

— Oui, tout de suite…”, bredouilla Lem Burns en attrapant l’arme et en la posant sur le bureau.

Wayt avait les doigts sur la crosse de son colt. Joe leva lentement les mains en l’air, puis les posa à plat sur le bureau. Frame continuait à frapper ses bottes de sa cravache.

“Monsieur Johnson, plaida Lem Burns, vous fâchez pas contre moi. J’y suis pour rien et je prends pas parti, d’un côté ou de l’autre…

— Joe, dit Wayt sans prêter attention à Burns, qu’est-ce que t’as à dire pour ta défense ?

— Deadwood m'a insulté…

— J'ai pas dit un mot", démentit Deadwood.

Wayt rit.

"Vous jouez les durs à cuire, mais y en a pas un des deux qui dégaine. Vous cherchez la bagarre, oui ou non ?

— C'était une blague, affirma Joe. Bon sang, Wayt ! Si on peut plus plaisanter…"

Wayt les dévisagea un moment. Puis il partit d'un éclat de rire, tourna le dos et sortit. Deadwood le suivit à reculons, un revolver dans chaque main, les yeux fixés sur les Tod.

Luther et Brant attendaient sur le trottoir devant le Golden Girl. Luther, débarrassé de son manteau, était armé de deux revolvers ; Brant avait passé la bandoulière d'un fusil de chasse sur son épaule droite.

"Ces dégonflés de Tod…, lâcha Wayt. Je les ai poussés à se battre, mais y a pas moyen.

— On les obligera, répliqua Brant. Le calme et la tranquillité, moi, j'en ai ma dose."

Luther attira Wayt à l'écart.

"Fin a un mandat d'arrêt contre toi et Jim", annonça-t-il.

Wayt s'esclaffa.

"Qu'il vienne donc me le présenter. À partir de maintenant, le maintien de l'ordre, c'est plus mon problème. J'ai fait tout mon possible pour montrer le chemin aux gens, mais puisqu'ils veulent la guerre, ils l'auront.

— Wayt…, commença Luther.

— En attendant, continua Wayt sans l'écouter, autant profiter de ce qu'on a la loi de notre côté, voilà ce que je dis. Les Tod et les Northrup sont une bande d'hommes armés qui représentent un danger pour la paix ici. Donc, je m'en vais les disperser ou les tuer. Allons d'abord manger.

— D'accord, dit Luther. Mais est-ce qu'on peut éviter d'entraîner Jimmy là-dedans ?

— C'est ce que je pensais aussi, répondit Wayt. Je m'en veux un peu parce que je me suis trop précipité à le prendre dans nos rangs. Pas la peine de le mêler au jeu du colt dans chaque main.

— Et Smith vaut pas un clou, renchérit Luther. Il a tellement les jetons, il toucherait même pas une grange à bout portant.

— Il gêne plus qu'autre chose, c'est sûr", reconnut Wayt.

Pendant qu'ils parlaient, Poe Northrup et El Guero sortirent du Transcontinental avec Joe et Frame Tod. Brant ôta son fusil de l'épaule et Deadwood, qui s'appuyait contre le mur, fit un pas en avant. Mais Poe et ses hommes, sans un regard vers eux, enfourchèrent leurs montures et s'éloignèrent dans la grand-rue en direction du corral de North End.

"Hé ! cria Brant. Vous allez où ? Wayt vous a fichu la trouille, c'est ça ?

— Cause toujours !" lança Poe Northrup en riant.

Le groupe du Golden Girl tint un bref conciliabule. Brant et Deadwood rentrèrent ensuite dans le saloon, tandis que Luther et Wayt se rendaient à la taverne de Mattie.

La ville se taisait. Un silence de plomb. Le bruit s'était répandu que l'affrontement n'allait plus tarder. Les femmes se terraient chez elles ; les pères avaient emmené leurs enfants à l'école pour l'après-midi ; les prospecteurs, descendus des collines à l'ouest de la ville pour assister au spectacle, s'attroupaient silencieusement aux coins des rues principales ; les boutiques étaient désertes.

Pendant que Luther et Wayt mangeaient, Fin Elder entra et s'approcha de leur table.

"Qu'est-ce que vous voulez ? dit Luther.

— Toute la ville est en effervescence, les gars, répondit Fin. Le maire et moi, on veut pas que cette bagarre ait lieu... En tant que shérif du comté de San Miguel, je vous demande de rendre paisiblement vos armes et de ne pas traîner dans les rues."

Luther désigna la porte d'un geste du pouce.

"Dehors !

— Fin, dit Wayt, il paraît que vous avez un mandat d'arrêt contre moi."

Fin resta sans voix et devint écarlate.

"Je vous conseille pas de me le présenter, continua Wayt, sinon on devra vous compter dans le camp des cow-boys, et ça serait sacrément triste pour votre femme et vos enfants.

— S'il vous plaît, les gars, insista Fin. Lâchez vos armes et aidez-moi à maintenir la paix.

— Lâcher nos armes, ça, y a peu de chances, répondit Wayt, mais on veut bien vous donner un coup de main du côté de la paix. Dès qu'on aura digéré, on s'en va désarmer les cow-boys.

— Il y aura des morts, avertit Fin.

— Pas si vous les désarmez avant."

Luther rit et secoua la tête.

"D'accord, dit Fin. Par ma foi, je leur parlerai.

— Un point pour vous", répliqua Wayt.

Fin sortit d'un pas vacillant. Mattie s'approcha en s'essuyant les mains sur son tablier.

"N'allez pas vous faire tuer, Wayt Johnson.

— Vous tracassez pas, répondit Wayt. Je prendrai mon souper ici ce soir."

3

Il était deux heures de l'après-midi. Wayt et Luther discutaient devant le Golden Girl. Brant tenait la table de pharaon et Deadwood se reposait, allongé dans une arrière-salle, un linge froid sur la tête. Jim et Smith s'affairaient derrière le bar. Le calme régnait sur la ville.

Depuis midi, la température ne cessait de chuter. Le vent forcissait sur le désert à l'ouest des collines Rouges. Luther portait de nouveau son manteau et Wayt avait enfilé des gants d'attelage.

Partout, depuis le quartier mexicain, au nord, jusqu'à la rue Huston, au sud, des groupes s'étaient formés aux croisements des voies principales. Les hommes qui passaient de temps à autre devant le Golden Girl ne manquaient pas de remarquer que les frères Johnson, malgré leur allure nonchalante, gardaient l'œil aux aguets. Des vachers de la vallée de San Jose s'étaient postés de l'autre côté de la rue, à une distance prudente. Un prospecteur ivre vint se planter devant Wayt et demanda :

“Alors, monsieur Johnson, quand c'est que le bal commence ?”

Wayt l'écarta sans brutalité et l'homme continua son chemin.

Un instant plus tard, la diligence de War Bonnet arriva. George Stanley et un autre marshal adjoint descendirent, armés de fusils, et, sans un regard pour les Johnson, disparurent précipitamment dans l'hôtel Transcontinental.

Wayt leva un sourcil interrogateur à l'intention de Luther.

"On ferait aussi bien de bouger, suggéra Luther. M'est avis qu'ils sont venus nous en empêcher."

Wayt hocha la tête et esquissa un pas pour rentrer dans le Golden Girl, mais il entendit alors un bruit de sabots au galop remontant la rue Archer. C'était Joe Tod qui cravachait son cheval et l'encourageait à grands cris. Il déboucha près du Golden Girl et fit un pied de nez aux Johnson. Un chœur de ricanements s'éleva parmi les vachers rassemblés devant le Transcontinental.

"Il était armé, Wayt", fit remarquer Luther.

Wayt ne répondit rien. Il s'apprêtait à franchir la porte du Golden Girl quand M. Dixon tourna le coin de la rue Archer et lui lança :

"Wayt, j'ai à vous parler.

— D'accord, monsieur Dixon, mais dépêchez-vous. Des affaires importantes m'attendent.

— Wayt…, reprit M. Dixon. Joe Tod fanfaronne et raconte partout que ses hommes et lui vont débarrasser la ville des Johnson cet après-midi. Il a deux six-coups à sa ceinture et un fusil.

— Merci", dit Wayt.

Tandis que M. Dixon filait vers son armurerie, Wayt et Luther rentrèrent dans le Golden Girl. Brant White leva les yeux de sa table de pharaon. Voyant l'expression sur le visage de Wayt, il fit signe à Lou Berry de venir le remplacer. Puis il se leva lentement, s'étira et attrapa son fusil par la bandoulière. Jim s'agrippa des deux mains au comptoir, pris d'une soudaine nausée. Smith voulut remplir le verre d'un mineur, mais renversa du whisky sur le bar.

"Jim, lança Wayt, va chercher Deadwood.

— Wayt… Je sais ce que t'as l'intention de faire, et je viens avec vous.

— Va chercher Deadwood."

Jim obtempéra.

Wayt se tourna ensuite vers Smith. "On n'aura pas besoin de toi, Smith."

Smith baissa les yeux ; ses mains tremblaient toujours.

"Il nous faut des poignes solides, ajouta Luther.

— Ouais, ben je suis sacrément content de pas me mêler à ce foin-là, déclara Smith, ses yeux lançant des éclairs. J'ai pas envie de mourir pour les Johnson. C'est un jeu stupide et il en sortira rien de bon.

— Ferme-la", ordonna Luther.

Jim revint avec Deadwood, qui finissait de boutonner sa chemise et serra son ceinturon.

"Comment tu te sens, Deadwood ? demanda Wayt.

— Impec'.

— T'as pas l'air trop solide sur tes jambes, railla Smith.

— Ta gueule ! aboya Deadwood en se lâchant contre lui. J'en ai marre de tes petites remarques mesquines. Tu devrais montrer un brin de respect et t'incliner devant les Johnson.

— C'est bon", fit Wayt.

Brant redressait sa cravate, debout devant le grand miroir accroché derrière le bar.

"Wayt, dit Jim, je vous accompagne. Je suis marshal adjoint, non ? Alors je viens avec vous.

— Non, tu bouges pas d'ici, décréta Luther. On a assez d'armes comme ça.

— Je viens", répéta Jim.

Wayt le prit par une épaule.

"Jim, j'ai pas assez réfléchi en t'entraînant dans une bagarre qui ne te regarde pas. Reste à veiller sur le Golden Girl, il pourrait y avoir des retombées. Les cowboys ont une flopée d'amis. Ce qu'on se dit, c'est que t'es notre meilleur élément pour garder la boutique. On a besoin de toi ici, Jimmy."

Jim baissa les yeux. Il savait que Wayt mentait, mais il était soulagé malgré lui. On lui offrait une porte de sortie. Poe Northrup était un tireur hors pair, El Guero aussi. Quelqu'un serait tué, et il ne supportait pas cette idée. Il en avait vu plus d'un finir au cimetière de Boot Hill pour s'être trouvé sur la trajectoire d'une balle ; au terme d'une petite cérémonie guindée, on descendait une boîte en bois grossier dans la terre et des pierres étaient ensuite empilées sur la tombe pour empêcher les coyotes de s'attaquer au cadavre.

"D'accord, Wayt. Je reste."

Wayt se tourna vers les autres.

"Allons-y."

Il sortit dans la grand-rue, suivi de Luther, Deadwood et Brant, qui avait calé la bandoulière de son fusil sur son épaule droite et fredonnait dans sa barbe.

Une poignée d'habitants se tenaient sur le trottoir devant la poste. Quand Wayt et ses hommes parvinrent à leur hauteur, Wingett se détacha du groupe et attrapa Wayt par le bras.

"Wayt, ne brisez pas la paix. On sait que vous et les cow-boys, vous cherchez la bagarre... Ne faites pas ça. Les gens honnêtes de cette ville vous soutiennent, Wayt.

— Monsieur Wingett, répondit Wayt, on s'en va désarmer une bande de cow-boys ivres.

— Vous voulez les tuer, Wayt Johnson, et ça n'a rien à voir avec le maintien de l'ordre. Après ça, vous serez fini ici.

— Venez, vous autres, ordonna Wayt.

— Pour la paix, faudra repasser plus tard, monsieur Wingett", dit Brant en grimaçant un sourire.

Wayt allait en tête en serrant le bord extérieur du trottoir. Derrière lui marchaient Luther, légèrement sur sa droite, puis, côte à côte, Deadwood et Brant. Les gens écarquillaient les yeux, impressionnés par cette formidable assurance. Ils avançaient en silence, sans regarder personne, sans répondre aux saluts qui leur étaient adressés depuis les portes des maisons. Un peu avant le croisement avec la rue Bonanza, M. Dixon s'approcha de Wayt et dit :

"Fin a désarmé Walt Northrup, Wayt. Faites gaffe de ne pas endosser le mauvais rôle... On vous accuserait de meurtre.

— Il est où, ce cow-boy ?

— Au corral de North End." M. Dixon recula prudemment sur le seuil de sa boutique.

Lorsqu'ils arrivèrent devant l'échoppe du coiffeur, Fin Elder se précipita dehors, en chemise, une trace de mousse sur le menton, et saisit Wayt par le bras.

"Wayt Johnson, s'écria-t-il, je vous le demande pour la dernière fois, ne rompez pas la paix."

Wayt se dégagea d'un mouvement de l'épaule et ils poursuivirent leur chemin. Mais Fin partit devant en courant, les cheveux en bataille, l'étui de son revolver ballottant contre sa hanche.

À son extrémité nord, la grand-rue bifurque sur la gauche et trace une diagonale jusqu'à la gare. Quand ils abordèrent le virage, ils virent que la barrière du corral était ouverte. Poe Northrup, les frères Tod et El Guero se tenaient à l'entrée, assis sur leurs chevaux. Walt Northrup, debout, avait posé la main sur l'étrier de Joe Tod et lui parlait. Wayt vit Fin se hâter vers eux en criant et en agitant les bras. El Guero raccourcit ses rênes et partit aussitôt vers la sortie ouest du corral. Walt Northrup fit volte-face, puis, après un rapide coup d'œil aux Johnson, s'enfuit en direction de la grand-rue. Brant braqua son fusil, mais Wayt lui toucha le bras.

"Laisse-le filer."

Poe Northrup se mit à rire, menton levé vers le ciel. Le cheval de Frame Tod prit peur, sauta de côté en amorçant un demi-tour, et Joe se pencha pour rattraper les rênes. Fin s'égosillait toujours. Puis, comme Poe Northrup secouait vigoureusement la tête, il revint vers les Johnson, affolé.

"Wayt, rendez vos armes. Vous êtes en état d'arrestation pour tentative de trouble à l'ordre public."

Wayt fit pivoter Fin et le poussa vers l'avant.

"Ouste !"

Fin les dévisagea un moment, pétrifié, puis se rua vers la boutique du photographe et se rencogna craintivement dans l'embrasure de la porte.

"Ils arrivent !" cria Poe Northrup.

Joe Tod tenta maladroitement de dégager sa carabine coincée dans l'étui.

"Vas-y, Luther, ordonna Wayt.

— Les gars ! lança Luther. Vous avez troublé la paix à Alkali et c'est la dernière fois. Rendez vos armes, ou battez-vous.

— Mains en l'air !" dit Brant en levant son fusil.

Frame Tod, soudain très pâle, leva les mains. "Tirez pas ! Je veux pas me battre !"

Poe Northrup, lui, esquissa le geste de dégainer. Brant tira, atteignant Frame Tod. Le cheval de Joe Tod fit un bond en avant et le désarçonna, mais une fois à terre, Joe détala, arme au poing. Sa première balle toucha Deadwood, dont la main droite retomba, inerte. Walt Northrup revint et empoigna Wayt par le bras.

"Vous voulez les tuer !" hurla-t-il.

Wayt le repoussa.

"Bats-toi, ou fiche le camp."

Walt Northrup repartit vers la grand-rue, et Fin Elder l'attira dans la boutique du photographe.

Frame Tod était à genoux, soufflé par une charge de chevrotine, le teint cireux et les joues inondées de larmes. Il s'affaissa, réussit néanmoins à dégainer, et, se redressant sur un coude, pressa la détente. Sa balle toucha Luther, qui vacilla et faillit tomber. Une deuxième rafale de Brant fit faire un demi-tour à Joe Tod, mais il resta debout et continua à tirer. Après avoir vidé son deuxième colt, Luther s'écroula de tout son long, les bras en croix. Deadwood, appuyé contre un mur, faisait feu de la main gauche. Wayt et Brant n'étaient pas blessés.

"Ils m'ont eu !" s'écria Frame Tod en baissant son arme.

Poe Northrup se débarrassa de son revolver à court de munitions et voulut en sortir un autre, mais une déflagration de Deadwood le propulsa de sa selle. Couché sur le flanc, agonisant, il tenta de se protéger la tête au moment où son cheval se cabrait. Brant White lâcha son fusil et s'avança vers Joe Tod, qui, à genoux, se préparait à tirer.

"T'es foutu, Brant."

Mais Brant fit un bond de côté. Son ceinturon, cisaillé par la balle de Joe, tomba à ses pieds. Wayt tira sur Joe avant qu'il n'appuie de nouveau sur la détente, et la fusillade cessa.

"Enlevez-moi mes bottes, cria Frame Tod. Pour l'amour de Dieu, enlevez-moi mes bottes."

Wayt aida Luther à se relever.

"Pas trop mal, Luther ?

— Non. Je suis touché à la jambe, mais l'autre balle m'a juste effleuré la tempe.

— Même pas une égratignure, déclara Brant en ramassant son fusil.

— Frame ! cria Joe Tod. T'es toujours là ?

— Joe ! Pour l'amour de Dieu, enlève-moi mes bottes.

— Meurs comme un homme et qu'on en finisse", lâcha Brant.

Des hommes accouraient de partout, escaladant la clôture du corral, sautant par-dessus les barres d'attache, descendant des toits environnants. Deux prospecteurs portèrent Frame Tod dans la boutique du photographe, où il supplia qu'on lui ôte ses bottes parce qu'il avait promis à sa mère qu'il mourrait dans son lit, déchaussé. On exauça son souhait pendant que quelqu'un allait chercher le docteur Harley, ce qui fut inutile. Il mourut quelques minutes plus tard en maudissant les Johnson. Poe Northrup aussi était mort. Quant à Joe Tod, dont les blessures étaient bénignes, il fut hissé sur un chariot et emmené au Transcontinental.

"C'est pas terminé, les gars", dit-il.

Mais un vacher le rabroua.

“Attends d’être debout, Joe, avant de repartir en guerre.”

Brant et Wayt remontèrent la grand-rue en soutenant Luther. Deadwood venait derrière, la main droite glissée entre les pans de sa chemise. Il tenait toujours un revolver dans son autre main et surveillait la foule qui s’écartait sur le passage des Johnson.

“Ils ont tué Luther ! s’écria Jim quand ils entrèrent dans le Golden Girl.

— Sûrement pas, Jimmy”, répondit Luther.

4

Doc Harley ayant fini de bander sa blessure, Luther fumait une cigarette, adossé à des coussins sur son lit. Wayt prit le médecin par l'épaule.

"Et Joe Tod, comment il va ?

— Il s'en sortira, répondit Doc Harley, à condition que la plaie ne s'infecte pas. Ils vont le ramener chez lui ce soir. Moi je pense qu'il vaudrait mieux ne pas le bouger, mais d'après Joe, c'est moins dangereux que de rester ici en face des Johnson.

— On tire pas sur des blessés, déclara Wayt.

— Allez expliquer ça à Joe", répliqua Doc Harley.

Après un petit salut de la tête, le médecin coiffa son chapeau et sortit. Luther décrocha son insigne de sa chemise et le tendit à Wayt.

"Tiens, Wayt, prends ça. Le temps que je sois remis sur pied, c'est toi le marshal."

Wayt épingla l'insigne au revers de sa veste sans rien dire. Luther tirait sur sa cigarette en fixant le mur. Au bout d'un moment, Wayt se leva.

"Je descends, Lute. T'as besoin de quelque chose ?

— Non. Mais toi, ouvre l'œil."

Quand Wayt entra dans le bar, Deadwood, le bras en écharpe, discutait avec Brant, Jim et Smith.

“Wayt, dit Brant, on va être arrêtés, tu le savais ? Ça me fait bien marrer.”

Et il rit, tête rejetée en arrière.

“Je m'y attendais, répondit Wayt en s'appuyant contre le comptoir. Mais je suis pas d'humeur à me laisser emmener, loin de là.”

Pendant qu'ils parlaient, Fin Elder entra, suivi de George Stanley et d'un autre marshal adjoint, tous deux armés de carabines.

“Hé, Fin, s'exclama Brant. Dites voir, je savais pas qu'un gros gaillard comme vous pouvait courir aussi vite.”

Plusieurs prospecteurs et habitués du saloon s'assemblèrent derrière Fin et ses adjoints.

“Wayt, déclara Fin, je vous arrête ci-devant, vous et vos hommes, pour le meurtre de Poe Northrup et de Frame Tod. Luther a reçu du plomb, donc il est dispensé. Sur ma suggestion.

— Fin, répondit Wayt, je veux bien passer en jugement si telle est la volonté des habitants, mais pour l'instant, je suis pas près d'être arrêté.

— Venez sans résister, Wayt, dit Fin.

— Pas besoin de résister. Je viens pas.”

Il y eut un long silence. Jim servit un verre à Wayt et Deadwood se tourna vers les marshals, le pouce de sa main valide glissé dans son ceinturon.

“Wayt..., reprit Fin. Je m'adresse à vous en *gentleman*. Suivez-moi jusqu'à la prison.

— Non."

Les marshals échangèrent des regards perplexes. Fin s'éclaircit la gorge, se gratta la tête, puis fit demi-tour et sortit. La foule massée devant le Golden Girl se resserra autour de lui. Certaines voix l'encourageaient à arrêter les Johnson ou à les tuer, d'autres ricanaient à ses dépens.

"On essaie juste de faire notre devoir, Wayt, dit George Stanley en reculant avec son collègue.

— Pas de problème", répliqua Wayt.

5

À minuit, les rues grouillaient d'hommes attendant l'édition spéciale promise par le *Herald*. Quand le journal parut, ce fut la ruée. Jim acheta un exemplaire et l'apporta à Wayt, assis au chevet de Luther. Wayt l'ouvrit sur le lit. "Anarchie à Alkali", annonçait le titre. Venaient ensuite : un long récit de la fusillade ; un éloge emphatique de Fin Elder, qui, selon le *Herald*, avait fait tout ce qui était en son pouvoir pour empêcher la bagarre ; un hommage émouvant au "pauvre petit Frame Tod" qui avait supplié les Johnson de ne pas le tuer.

Un autre article rapportait que Wayt Johnson, soutenu par une bande de tireurs désespérés, avait mis Fin Elder au défi de l'arrêter. Le *Herald* réclamait que les Johnson soient envoyés au pénitencier de Yuma.

Wayt lut attentivement, puis posa une main sur l'épaule de Luther et déclara :

"Luther, je crois qu'on a un peu exagéré, pour une fois. Ça va barder ici avant qu'on ait eu le temps de prendre de l'âge."

Fin Elder était devenu un héros. Il plastronnait dans les rues, parlant à tout le monde, assénant de franches bourrades dans le dos des électeurs comme le voulait la tradition, bref, jouant l'homme important. Il était comblé. Au bout du compte, Wayt Johnson avait fait exactement ce qu'il espérait : une bêtise. Wayt était fini à Alkali ; nul ne le savait mieux que Fin. Jamais il ne serait élu shérif, même avec Henry Williams, Will Price et le camp Wingett derrière lui. La ville se dressait contre les Johnson.

“Ils sont enfin démasqués, dit Fin à un groupe de prospecteurs. Depuis un an qu'ils forcent les gens à se déclarer de leur côté… Mais les Johnson, c'est rien d'autre que des bandits avec des insignes !

— Vous avez bien raison, Fin”, répondirent les prospecteurs.

6

Personne ne travaillait à Alkali. Les mines étaient désertes et les boutiques fermées. Depuis l'extrémité ouest de la rue Bonanza, à l'endroit où la *mesa* s'abaisse vers la plaine, jusqu'au croisement avec la grand-rue, à l'est, tous les hommes qui ne pouvaient trouver place dans le tribunal du juge Williams se rassemblaient par petits groupes. Les rares partisans des Johnson, sous la conduite de Justin, le maréchal-ferrant, patrouillaient dans les rues. Et une douzaine de cow-boys armés sillonnaient la ville, se penchant du haut de leurs montures pour parler à leurs amis sur les trottoirs, proférant des menaces à l'encontre des Johnson, suppliant chacun de veiller à ce que justice soit rendue. El Guero chevauchait en tête, souriait quand on lui adressait la parole, et s'inclinait parfois en ôtant son chapeau.

George Stanley et deux marshals adjoints gardaient l'entrée du tribunal, tandis que Jim Johnson, arborant un insigne ostentatoire, était assis sur un banc près de la porte, le fusil de Brant en travers des genoux. De temps à autre, les cow-boys passaient devant le bâtiment, et El Guero, plus mielleux que jamais, lui demandait quand les Johnson se balanceraient au bout d'une corde. C'était un grand jour pour El Guero : ceux à qui répugnait la compagnie des Mexicains faisaient remarquer que *lui* avait les cheveux blonds et les yeux clairs, qu'il était mexicain *en partie* seulement, et, somme toute, presque blanc.

Des chariots et des voitures à cheval étaient attachés d'un bout à l'autre de la grand-rue et sur la partie est de la rue Bonanza. Certains éleveurs venaient d'aussi loin que Lower Big Bend pour attendre la décision du tribunal. Les petits colons de la vallée de San Jose, se rappelant que Wayt les avait débarrassés de Miguel Soto, soutenaient les Johnson, mais les gros propriétaires de ranchs défendaient les cow-boys et avaient amené avec eux un grand nombre de leurs employés, tous armés. Pendant que Wayt Johnson était jugé et que Luther se rétablissait doucement, la ville passait sous la responsabilité de Fin Elder et de ses marshals, et Fin fermait les yeux, sans même se soucier de désarmer le clan des Johnson. Si une guerre ouverte éclatait, que pourraient bien faire un shérif et une poignée de marshals ? De toute façon, on mettrait tout sur le dos des Johnson.

L'audience s'était ouverte en début de matinée, mais les curieux ne cessaient de converger vers Alkali, depuis Elderville, Holmesburg, et, plus loin encore, Big Mesa, au sud, et War Bonnet, à l'ouest. En voiture bâchée, en char à bœufs, en carriole mexicaine, tout le monde arrivait de la grande plaine après avoir franchi le défilé qui séparait les montagnes de San

Miguel et les collines de Painter Creek. La diligence de Holmesburg, pleine à craquer, avait été escortée sur près de quinze kilomètres à partir des Upper Coyote Flats par une bande de cow-boys ivres. Des métis et des Apaches bienveillants affluaient depuis le sud-est, montés à cru sur leurs maigres canassons, poussant des cris et de joyeuses exclamations, impatients de profiter du relâchement de la loi à Alkali.

Le shérif du comté de Jaurez s'était présenté tôt le matin avec trois adjoints, dépêché par le marshal fédéral pour aider Fin à maintenir l'ordre bien que le comté de San Miguel ne relevât pas de sa juridiction. Il avait connu Wayt à Rockford et lui vouait une profonde antipathie. Il se souvenait aussi de Brant White, qui l'avait giflé au beau milieu d'un saloon. Assis à cheval devant le tribunal, la jambe droite passée par-dessus le pommeau de sa selle, il souriait aux cow-boys et espérait que la ville jugerait bon de pendre les Johnson, ou, au moins, de les chasser.

M. Dixon, un petit homme tranquille mais intrépide, était assis à côté de Jim sur le banc près de la porte du tribunal. Ses yeux brillaient derrière les verres épais de ses lunettes et il avait un air déterminé. Il tenait une Winchester sur les genoux. De temps en temps, il appelait Justin et tous deux conversaient à voix basse. Smith Sanders, chargé de veiller sur Luther dont la jambe se remettait mal, avait cédé à la panique, abandonné le Golden Girl, et faisait maintenant les cent pas devant le banc, pâle, sursautant au moindre bruit.

La petite salle du tribunal était bondée. Henry Williams, à sa table, lorgnons sur le bout du nez, lisait calmement ses conclusions rassemblées dans un épais manuscrit. Deadwood, Wayt et Brant étaient assis en rang d'oignons à la gauche du juge. Deadwood fixait le plancher, tordant son chapeau et remuant les pieds. Brant, fraîchement rasé, peigné et lavé, s'agitait sur sa chaise, croisait et décroisait ses longues jambes, et souriait aux hommes entassés sur les bancs qui le regardaient avec fureur. Wayt ne bougeait pas, les yeux rivés sur le juge Williams. Deux marshals affectés au maintien de l'ordre patrouillaient la salle, armés de revolvers et de bâtons.

Le temps était frais et beau. Près de la table du juge Williams s'ouvrait une grande fenêtre dans laquelle s'encadraient les montagnes de San Miguel, sereines sous le soleil, la longue plaine désertique au-delà de la *mesa* et la rangée de peupliers de Virginie rabougris qui bordaient le lit asséché de la rivière. Pas de vent. Rien ne bougeait dans ce paysage aussi tranquille qu'un tableau, hormis quelques oiseaux de proie qui planaient dans le ciel.

Une atmosphère feutrée régnait dans la salle d'audience. Les conversations des hommes qui parvenaient de la rue, derrière les portes verrouillées, infiltraient le silence et le faisaient paraître plus dense encore. Le juge Williams lisait ses conclusions sans emphase, en tapotant un crayon sur sa table. Tous les yeux du public immobile étaient tournés vers lui.

Brant se pencha vers Wayt et chuchota :

“On se croirait au spectacle.”

Wayt hocha la tête.

Un murmure parcourut les bancs et Williams frappa plusieurs coups pour rétablir le calme.

“Cette audience ne tolérera pas d’être interrompue, dit-il, par des individus qui feraient mieux de travailler au lieu de traînasser et de bayer aux corneilles. À la prochaine perturbation, je fais évacuer la salle.”

Il leva les yeux par-dessus ses lorgnons et engloba l’assistance d’un regard sévère. Silence total. Au bout d’un moment, il reprit sa lecture.

Le public s’impatientait et ne tenait en place qu’au prix d’un immense effort. Depuis plus d’une heure, le juge lisait son satané bouquin auquel personne ne comprenait un traître mot. Quel galimatias ! Seul un de ces filous d’avocats serait capable de s’y retrouver au milieu de tout ce jargon. Dans le temps, avant l’arrivée des Johnson, les choses étaient plus simples. S’il fallait pendre quelqu’un, eh bien, on le pendait et on n’en parlait plus. Il n’y avait pas tous ces hommes de loi qui vous embobinaient avec des discours oiseux et des mots qu’on n’avait jamais entendus. Ah ça… La justice maintenant, c’était rien que des balivernes, inventées par des gens de l’Est qui ne savaient même pas faire la différence entre un cheval de bétail et un bœuf du Texas.

Williams frappa plus fort de son crayon sur la table pour souligner son propos :

“Je ne peux croire cette théorie, lut-il, et je ne peux lutter contre la ferme conviction que les Johnson ont agi avec sagesse, discrétion et prudence afin de préserver leur intégrité ; ils ont jugé nécessaire, inévitable, de tirer les premiers pour échapper à une mort certaine. Ils ont *agi*, en effet, avec une efficacité sans laquelle ils auraient été assassinés."

Plusieurs sourcils se froncèrent dans l'assistance, des regards furent échangés. La lumière commençait à se faire maintenant : les Johnson avaient acheté le juge et repartiraient libres.

"Au vu des faits et des circonstances ci-dessus établis, considérant les menaces proférées, les tempéraments et les positions de chaque partie, ainsi que l'issue de cet événement, tragique dans sa manière autant que dans sa forme, et compte tenu des multiples influences qui ont pesé sur la *res gestae* de la présente affaire, je suis obligé de conclure que les inculpés ont eu toute raison de commettre lesdits homicides, et qu'il s'agissait d'une action nécessaire dans l'exercice d'un devoir officiel."

Williams s'éclaircit la gorge et parcourut le public des yeux. Brant posa une main sur le genou de Wayt, puis, quand celui-ci le regarda, lui fit un grand sourire. Il y eut de l'agitation au fond de la salle, mais l'homme qui essayait de sortir fut intercepté par un marshal. Williams menaça à nouveau de suspendre l'audience et reprit sa lecture. Après avoir fourni une explication longue et complexe de son point de vuc, en termes inintelligibles pour l'auditoire, il conclut :

“Il se peut que mon jugement soit erroné, et ma compréhension de la loi incorrecte, pour autant ce sont les miens, de même qu'est mienne l'interprétation des textes tels que je les vois rédigés, et sur cette lecture seule reposent mes actes et mes décisions, non sur l'opinion de toute autre personne. Deux semaines durant, j'ai écouté patiemment et attentivement les différents acteurs et témoins de cette affaire. Les quatre cinquièmes au moins de mon temps de travail ont été dévolus à examiner avec le plus grand sérieux ce qui m'a été présenté, et voici la conclusion à laquelle je me trouve contraint d'aboutir.

Je termine d'accomplir le devoir qui m'incombe en citant le Droit écrit : en l'absence d'une raison suffisante de croire les ci-après dénommés Wayt Seward Johnson, John B. White, Luther Robert Johnson et Lafayette Hull, dit Deadwood, coupables du délit susmentionné, j'ordonne qu'ils soient relâchés.”

Après un bref silence, suivi de quelques faibles acclamations, la porte fut ouverte par un marshal, et les membres de l'assistance, mécontents et contrariés, se répandirent dans la rue. Henry Williams se leva, ôta ses lorgnons, les essuya, puis se tourna vers Wayt.

“Vous êtes libre, Wayt. Je vous demande de porter l'insigne de Luther et de veiller à ce que l'ordre soit restauré dans cette ville. Mais attention…" Il agita un index. "Avec le moins de morts possible."

Wayt, Deadwood et Brant serrèrent la main du juge, après quoi leurs armes leur furent rendues par un marshal qui s'efforçait de paraître cordial. Justin entra avec Jim, qui tendit l'insigne à Wayt. Une foule s'était massée devant le tribunal pour assister à la sortie des Johnson.

"Wayt, avertit Justin, c'est pas bon ce qu'y a là dehors, croyez-moi. Est-ce qu'il vaudrait pas mieux attendre un peu ici ?"

Wayt secoua la tête, puis lança à Williams :

"Henry, vous comptez regagner vos pénates tout de suite ? Je ferais bien un petit bout de chemin avec vous, dans ce cas."

Williams hésitait, les yeux au sol.

"Ce serait mal vu, Wayt, répondit-il. Je préfère prendre le risque de rentrer seul.

— Sûr ? Réfléchissez.

— Oui, dit Williams, je vais d'abord ranger deux ou trois choses…"

Wayt s'adressa au marshal avec autorité.

"Restez avec Henry, mon brave, pour qu'il ne lui arrive rien. S'il se trouvait à être bousculé, je peux pas dire que j'apprécierais."

Le marshal hocha la tête, à court de repartie.

Wayt sortit, suivi de Deadwood, Brant, Jim et Justin. La foule emplissait toute la rue, depuis le trottoir au pied du tribunal jusqu'aux façades des maisons et des boutiques en face.

“Faut descendre Johnson !” cria quelqu’un.

Brant bâilla ostensiblement en relevant son chapeau sur son front. Wayt grimpa sur le banc près de la porte et agita les bras pour réclamer le silence.

“Messieurs, lança-t-il, sa voix couvrant à peine le brouhaha, mon frère Luther a été blessé par les balles d’une bande de sales assassins, et je le remplace dans ses fonctions. Jusqu’à nouvel ordre, je suis le marshal de cette ville. Et je veux que vous me débarrassiez le plancher ! Ce n’est pas une prière que je vous fais, c’est une sommation. À partir de maintenant, la paix sera respectée.”

Tandis qu’il redescendait, Brant sortit son arme et s’adossa au mur. Deadwood vint se placer aux côtés de Wayt, M. Dixon et Justin s’alignèrent. À gauche, un pied posé sur le banc, Jim serrait le fusil de Brant à deux mains. Il était pâle et humecta plusieurs fois ses lèvres sèches.

Une clameur s’éleva, puis retomba lentement. Les hommes des premiers rangs commencèrent à reculer, bousculant ceux qui se pressaient derrière. Des vachers détachèrent leurs chevaux et s’ouvrirent un chemin dans la cohue en les menant par les rênes. El Guero avait disparu. Peu à peu, la foule se dispersa.

Plus loin, quelqu’un cria :

“On finira bien par te voir pendu, Wayt Johnson.”

Brant fit un pas en direction de la voix, mais Wayt le retint.

“Ils se calment, Brant. Laisse-les refroidir la machine en causant.”

7

Wayt était assis dans sa chambre depuis une heure quand Jim entra. Les pieds posés sur son lit, il lisait le *Herald*. Jim s'approcha et jeta un coup d'œil au journal par-dessus son épaule.

"Eh bien ?" fit Wayt.

Jim se dandina d'un pied sur l'autre sans répondre. Wayt abaissa le journal pour observer son frère.

"Qu'est-ce que tu veux, Jim ?

— Wayt..., commença Jim en rougissant. J'avais une peur bleue qu'on te fasse pas justice, avec tous ces gens qui essayaient de forcer la main à Henry Williams.

— Mais ça s'est bien terminé", répondit Wayt.

Jim s'assit sur le lit et fixa le plancher.

"C'est surtout ma faute, Way. Je sais que j'ai pas été un bon frère pour toi."

Wayt se frotta le menton et tourna la tête, évitant de croiser le regard de Jim quand celui-ci leva les yeux.

"Je sais que je suis pas le genre de frère que j'aurais dû être, insista Jim.

— Te bile pas pour ça, dit Wayt en s'agitant sur sa chaise, mal à l'aise.

— Wayt, continua Jim, quand Luther m'a dit d'aller au tribunal et de prendre une arme, j'avais vraiment la trouille. Je vais pas mentir. J'avais tellement peur que je savais à peine ce que je faisais. Mais Luther a dit : « Moi je suis coincé ici et je peux pas aider Wayt », alors j'ai attrapé le fusil de Brant et je suis venu."

Il y eut un long silence. Wayt, très gêné, se racla la gorge plusieurs fois. Jim se pencha en avant et lui posa une main sur le genou. "Est-ce que je t'ai aidé un peu, Wayt ?"

Encore un silence. Puis Wayt répondit :

"Tu t'en es très bien sorti, Jim. Tu t'es pas dégonflé et t'as agi en homme."

Jim se leva et gagna la porte.

"Bon ben, je redescends maintenant…"

Wayt toussota et reprit son journal, mais une fois Jim parti, il retourna voir Luther dans sa chambre. Celui-ci était assis dans un fauteuil à côté du lit. Il avait les mains crispées sur ses genoux, les traits contorsionnés par la douleur, et la sueur perlait à son front.

"Tu tiens le coup, Luther ? demanda Wayt.

— Cette sale jambe me lance diablement, répondit Luther. Si elle se calme pas, je la fais couper et je m'en prends une en bois."

Wayt s'assit, attendant que la crise passe. Luther alluma un cigare et chercha une position plus confortable. Au bout d'un moment, il lâcha un long soupir.

“Ça va mieux. Wayt, on jurerait que cette guibole s’est mis dans l’idée de jouer avec mes nerfs. Quand j’ai l’impression que ma dernière heure est venue, elle arrête gentiment de me faire mal. Et sitôt que je me crois bon pour remonter en selle, v’là qu’elle recommence à me torturer.”

Luther se tortilla à nouveau pour soulager la tension de sa jambe.

“Là… Elle m’embête presque plus, maintenant.

— Jim a vraiment montré du caractère aujourd’hui au tribunal, dit Wayt. Le gamin est costaud, Luther, bien qu’il ait pas trop de cervelle. Je suis sacrément fier de lui.

— Notre mère l’aimait beaucoup, c’est sûr, acquiesça Luther. Pourtant, qu’est-ce qu’il a pu accumuler comme bêtises.

— Pa aussi avait de l’affection pour lui, même si ça se voyait pas.”

Ils fumèrent silencieusement en évitant de se regarder. Puis Wayt se leva.

“Je vais faire ma ronde, annonça-t-il. La ville est sacrément calme, pour une fois.

— Colle-toi le long du mur, Wayt, et ouvre l’œil. On en a pas terminé avec ces salopards.

— Oui, à plus tard.”

SIXIÈME PARTIE

1

Il était huit heures du soir quand Wayt, Brant et Deadwood arrivèrent devant le tribunal, après avoir fait un détour par les rues Archer et Santa Ana afin d'éviter la foule qui célébrait la dernière victoire remportée sur les Johnson. Wayt avait été destitué de ses fonctions de marshal fédéral adjoint. Sous chaque réverbère, des hommes se regroupaient pour lire les éditions spéciales des trois journaux d'Alkali et discuter du tour nouveau que prenaient les événements.

Outre qu'il était révoqué, Wayt recevait aussi un blâme de E. L. Benton, le marshal fédéral de l'Arizona, pour sa participation au meurtre de Poe Northrup et de Frame Tod. La lettre officielle lui avait été envoyée personnellement ainsi qu'aux autorités du comté, lesquelles s'étaient empressées de la transmettre à la presse, et le texte, publié dans son intégralité, nourrissait d'abondants commentaires. La population se pressait aussi devant les bureaux des journaux, ceux-ci ayant annoncé à Alkali que d'autres informations seraient affichées plus tard.

Quand Wayt et ses hommes frappèrent, la porte fut ouverte par un marshal qui, sans un mot, se dirigea vers les bureaux du conseil municipal. Henry Williams, Will Price et Marcus Wingett étaient assis autour d'une grande table, cigare aux doigts.

“Salut, vous autres, dit Wingett. Asseyez-vous.”

Ils ôtèrent leurs chapeaux et prirent place.

“Ben, nous voilà…”, fit Wayt.

Williams tira un moment sur son cigare, puis dit :

“Wayt, je parle au nom de ceux qui sont présents ici. Ne doutez pas que, selon nous, cette décision ne vous rend aucunement justice. Nous avons déjà écrit au gouvernement pour demander que vous soyez rétabli dans vos fonctions. Cette ville a besoin de gens comme vous. Chacun sait que M. Benton est un brave homme et qu'il s'évertue à mettre de l'ordre dans ce comté, mais en la circonstance, il a été mal informé.

— Attendez, intervint Wingett en levant la main. C'est pas mon opinion personnelle que vous donnez là, Henry Williams, mais seulement celle du conseil municipal. Moi, voilà ce que je pense : Wayt Johnson a agi un peu vite en tirant sur ces cow-boys, et il a pas montré plus de respect pour la paix que les hommes sans loi eux-mêmes. Je suis pas sûr de donner franchement tort à M. Benton, mais ce que je dis, c'est qu'on a besoin de Wayt Johnson. Cette ville est au bord de l'anarchie, et si on laisse la pagaille s'installer, ce sera pas un endroit où nos femmes et nos enfants pourront vivre en sécurité.

— Moi, je pense comme Henry, Wayt, déclara Will Price.

— Beaucoup de gens sont du même avis, renchérit Williams.

— Messieurs, dit Wayt, ce qu'on raconte pour me discréditer en ce moment, ce qu'on lit dans les journaux… Fin Elder est derrière tout ça, et j'apprécie pas trop de voir que vous rendez le même son de cloche, monsieur Wingett.

— Il mérite la mort", lâcha Brant.

Un bref silence se fit, puis Henry Williams reprit :

"Là n'est pas la question… Ce qui nous importe aujourd'hui, c'est que vous deveniez marshal à titre permanent, Wayt. La ville a basculé depuis que Luther ne quitte plus sa chambre. Certains militent pour que l'insigne soit remis à George Stanley, mais ce serait lâcher la bride au shérif et vous savez ce que cela signifie.

— Oh que oui, soupira Wayt.

— Moi, je suis honnête avec vous, Wayt, expliqua Wingett. Je ne cache pas que vous m'avez déçu. Néanmoins… Il *faut* que vous soyez le marshal d'Alkali, un point c'est tout. Qu'est-ce que vous en dites ?"

Wayt rit.

"Seul un imbécile refuserait, répondit-il. Mais pas question qu'on me dicte la marche à suivre. Je veux gérer mes affaires comme je l'entends et nommer les adjoints qu'il me plaît, quand j'en ai besoin.

— À savoir Brant White et Lafe Hull…", dit Wingett en se tournant vers les autres.

Williams s'autorisa un mince sourire.

"Je ne vois pas qui on pourrait trouver de mieux", répliqua-t-il.

Wingett garda le silence en jouant avec son cigare. Impossible de livrer ici le fond de sa pensée : Deadwood, bien qu'ancien éclaireur de l'armée, libéré du service avec les honneurs militaires, s'était illustré dans sa jeunesse comme bandit de grand chemin ; et Brant White était un tueur de sang-froid qui n'avait jamais exercé un métier honnête de toute sa vie.

"Alors ? interrogea Wayt.

— J'y vois pas d'inconvénient", répondit Wingett.

Williams appela le marshal et lui tendit trois feuilles de papier.

"Joe, allez placarder ça le plus vite possible."

Après avoir jeté un coup d'œil aux documents, le marshal regarda Wayt et sourit, sans plus aucune trace d'hostilité.

"T'étais pas aussi content de nous voir y a que'que temps de ça, fit remarquer Brant. Allez, grouille-toi.

— D'accord, Brant." Le marshal sortit et ferma doucement la porte.

Wayt se tourna vers Deadwood.

"Qu'est-ce qui t'arrive, Lafe ? Tu dis rien.

— Ma main me fait mal, répondit Deadwood en se repositionnant sur son siège, les yeux au plancher.

— Vous pouvez toujours tenir un revolver dans la main droite ? demanda Henry Williams.

— Non, dit Brant en s'esclaffant, mais il tire mieux de la gauche que n'importe qui, sauf moi."

Wingett se leva et fit les cent pas, cigare à la bouche.

“Bon…, fit Wayt. On va s’en retourner.

— Attendez un peu, Wayt, conseilla Henry Williams. Quand Joe sera revenu, c’est en marshal que vous sortirez d’ici.

— Ouais, moi ça me botte”, dit Brant en croisant les jambes et en acceptant le cigare que lui offrait Williams.

Will Price sortit un jeu de cartes et commença une réussite. Brant et Henry Williams se penchèrent pour regarder. Bientôt, Wingett cessa d’arpenter la pièce et s’assit près de Wayt.

“Wayt, n’allez pas vous mettre dans la tête que je vous retire mon soutien, parce que c’est faux. Mais ces morts, tous ces gens qui sont tués… J’en dors pas la nuit. Ça vous donne jamais des frissons, vous ?

— Non”, répondit Wayt.

Wingett le fixa droit dans les yeux.

“Même pas quand vous pensez à Joel King et au jeune Frame Tod ?

— Non, répéta Wayt. Joel King était un meurtrier de la pire espèce et il était grand temps que sa vie s’arrête. Quant à Frame Tod, tant de pitié pour une vermine pareille, ça me paraît du gâchis.”

Wingett réfléchit un moment, puis déclara :

“Vous avez beaucoup de haine en vous, Wayt.

— C’est vrai, répondit Wayt. J’ai vu un paquet de gens se faire tuer dans ma vie. Alors un de plus ou de moins, ça me touche pas plus que ça.”

Deadwood releva la tête et dit :

“J’ai connu Joe King au Texas, monsieur Wingett. Ce gars-là, il tuait comme on se retourne dans son lit.

— Eh bien moi, affirma Wingett, j’ai servi pendant la Rébellion, mais je ne m’y suis jamais fait. Oh que non. Je déplore sincèrement ce genre de situations et je me réjouirai quand Alkali sera devenue une ville paisible comme celle où je vivais autrefois dans l’Ohio.

— Ça n’arrivera jamais, dit Wayt. Sauf si l’argent s’épuise dans les mines, là-haut, et alors ce sera tellement calme ici qu’on verra des coyotes se balader tranquillement dans la grand-rue.”

Wingett fixa longuement Wayt.

“Oh oui, reprit Wayt. J’en ai connu, de ces villes-champignons.”

Il y eut un long silence.

“J’espère que ce ne sera pas *aussi* calme”, dit Wingett.

Mais la déclaration de Wayt le laissait songeur. Il se leva, recommença à marcher de long en large, puis alla se tenir devant la fenêtre. La nuit était froide et claire. Une grosse lune blanche voguait dans le ciel, éclairant les sommets des montagnes de San Miguel qui se dressaient, clairs et nus, au-dessus de la plaine sombre. Des lumières éparses scintillaient au loin sur le plateau et dans les premiers contreforts où des torches signalaient l’entrée de la mine Culebra de Cascadel. Depuis le bord de la *mesa* jusqu’aux collines argentifères à l’est, on avait construit des maisons, des magasins, des saloons, des dancings, des rues animées, deux relais de diligences, une gare ferroviaire, des restaurants, des églises, des écoles – là où, trois ans auparavant, il n'y avait rien, pas même un sentier. Geronimo et ses guerriers se cachaient dans les collines Rouges, à l'est, attendant de lancer une attaque surprise pour assassiner un prospecteur solitaire ou un colon et sa famille. Serpents à sonnette, vautours, coyotes et Apaches étaient les seuls habitants d'une haute plaine où vivaient à présent dix mille Blancs. Wingett aimait conjurer cette vision. Il avait été parmi les premiers à s'installer ici, avant qu'Alkali, de simple campement minier composé d'une poignée de tentes et d'un unique saloon, ne devienne un siège du comté. Mais les filons s'épuisent et les mines ferment ; alors, les prospecteurs s'en vont, l'argent se fait rare. Les uns après les autres, les habitants partent pour d'autres villes, les maisons sont condamnées, et finalement, il ne reste plus que quelques anciennes familles et une boutique à la croisée des chemins : une bourgade désertée qui dort au soleil et rêve de son passé. Wingett se détourna tristement de la fenêtre.

Quand le marshal revint, Wayt se mit debout et annonça :

“Bon, on y va.

— Des nouvelles du dehors, Joe ? demanda Henry Williams.

— Y a du monde, répondit le marshal. Ça a braillé et sifflé quand j'ai mis les placards.

— Ça durera pas, décréta Brant.

— Bonne chance, Wayt, lança Will Price.

— Merci.”

Wayt se dirigea vers la sortie, Brant et Deadwood sur les talons. Alors que le marshal lui tenait la porte ouverte, Fin Elder entra, rouge et pantelant.

“Alors, Fin ? fit Brant en souriant. Vous avez appris la nouvelle ?”

Fin le fusilla du regard, puis le bouscula en s’écriant à l’adresse de Williams :

“Je suis le shérif du comté de San Miguel et j’ai mon mot à dire concernant cette nomination de Wayt Johnson !”

Deadwood et Brant se figèrent pour écouter, mais Wayt les entraîna.

“Venez, les gars, ordonna-t-il. On va laisser Fin causer tranquillement.”

Ils sortirent. Devant le tribunal, Brant s’appuya contre un poteau, hilare.

“Oh, Seigneur, s’exclama-t-il, je m’étais pas autant marré depuis le jour où j’ai vu Fin se tortiller le popotin dans la grand-rue pour se faire élire. Il est tordant, ce bonhomme.”

Au Golden Girl, ils trouvèrent Luther debout au bar, appuyé sur une canne. Il était pâle et en sueur, mais visiblement content du répit que lui accordait la douleur.

“Tu t’agites pas trop, là, Luther ? demanda Deadwood.

— J’en peux plus de traînasser dans c’te chambre comme un bon à rien.

— Ils ont nommé Wayt marshal”, annonça Brant.

Luther se tourna vers Wayt.

“Ça, c’est une chance, Wayt, après le coup de Benton.”

Wayt acquiesça.

“Ouaip, fit Brant en riant, on est toujours les Représentants de l’Ordre.

— Brant, déclara Wayt, il va falloir que tu te calmes et que t’oublies un peu à quoi te sert ton arme. On est allés trop loin en tuant ces cow-boys comme on l’a fait et on aurait pu se retrouver à agir contre la loi, obligés de tirer sur des habitants pour sauver notre peau.

— C’est vrai, reconnut Luther.

— Et après ? dit Brant.

— Écoutez-moi, continua Wayt. On a eu une sacrée chance, je vous le dis. Alors maintenant, on repart de zéro, on touche plus à nos armes et on s’occupe de faire régner l’ordre conformément à la loi. Mets-toi bien ça dans le crâne, Brant, sinon ce sera nous contre Fin Elder, une guerre civile qui rapportera rien à personne. J’en ai vu, des villes, depuis que j’ai quitté Dodge City, et j’aimerais autant rester ici.

— Tu te fais vieux, dit Brant, mais d’accord, Wayt. Moi, je te suis. Parce que t’es le type le plus malin que je connaisse.”

Smith Sanders apparut sur le seuil d’une arrière-salle.

“Smith, lança Brant, sers-nous donc à boire. Où c’que t’étais passé ?”

Sans répondre, Smith prit une bouteille de whisky et leur remplit un verre à chacun.

“Ça va, Smith ? demanda Wayt.

— Oui, oui. C’est juste que…” Il posa les mains à plat sur le bar et regarda les autres. “Ben, je pense à vendre, Wayt. J’irais bien faire un tour à Tucson.”

Brant abattit un poing sur le comptoir.

“Wayt, t’as vraiment pas de bol avec tes associés. D’abord, Ed Deal, et maintenant Smith. Dès qu’ils entendent un coup de feu, ils se font la malle.”

Smith, muet, se dandinait d’un pied sur l’autre.

“Il se trouve que je suis plutôt en veine ces derniers temps, reprit Brant. Si t’en demandes pas trop cher, je te rachète ta part.”

Wayt regarda brusquement autour de lui.

“Où est Jim ?

— Il a dit quelque chose comme quoi il allait jouer au billard chez Tom Edwards…”, expliqua Luther. Au même instant, il fit un faux mouvement et une douleur soudaine lui saisit la jambe. “Dieu tout-puissant ! Faut que je m’assoie.”

Wayt ne bougea pas, pendant que Deadwood entraînait Luther vers une chaise.

“Luther, dit Wayt, Jim devrait pas traîner dehors un soir comme celui-ci. Je vais voir ce qu’il fabrique.”

Il voulut finir son whisky, mais au moment où il portait son verre à ses lèvres, un bruit éclata dans la rue, ressemblant à la détonation d’un fusil.

“Qu’est-ce qui se passe ?” s’écria Wayt.

Luther se leva et ils tendirent tous l’oreille. Wayt était livide.

“Brant, j’ai un pressentiment.” Il se défoula sur Luther. “Lute Johnson ! Qu’est-ce que tu fous à laisser sortir Jim un soir pareil ?”

Brant vit que ses mains tremblaient et qu’il ne semblait pas pressé d’aller aux nouvelles. Au milieu du trouble général, Tom Edwards entra précipitamment, sans chapeau, les cheveux en bataille. Dans sa hâte, il trébucha sur la barre repose-pieds au bout du comptoir et bouscula Wayt.

“Wayt, ils ont eu Jimmy. Ils ont tiré à travers une fenêtre. Il…

— Bonté divine ! murmura Smith, le regard fixe.

— Les salopards !” s’exclama Brant.

Wayt ne dit rien, mais il s’élança vers la porte. Deadwood et Brant le suivirent, tandis que Luther restait debout, hésitant, le visage tordu par la douleur.

“Luther, supplia Smith, pour l’amour de Dieu, reste avec moi. Ils vont tous nous tuer. Me laisse pas seul ici.

— T’as pas honte !” dit Luther en s’asseyant et en posant son revolver sur la table à côté de lui.

La grand-rue était noire de monde, depuis le croisement avec la rue Archer jusqu’à la salle de billard de Tom Edwards. Wayt se fraya un chemin dans la foule en criant : “Poussez-vous de là !” et en frappant ceux qui ne se rangeaient pas assez vite. Deadwood et Brant le talonnaient. Ce dernier, brandissant son revolver, répétait : “Qui l’a tué ? Qui l’a tué ?”

Les hommes debout devant la salle de billard reculèrent en apercevant Wayt, et quelqu’un lança :

"J'aimerais pas être à la place de certaines personnes !"

Quand Wayt entra, il vit un attroupement penché sur une forme, par terre. Une table de billard l'empêchait de distinguer ce que c'était, mais il le savait. Derrière, il y avait une fenêtre à la vitre brisée dont les morceaux étaient éparpillés sur le sol. Il contourna la table et découvrit Jim couché sur le flanc, les mains crispées sur le ventre. Ses cheveux blonds étaient rouges de sang.

"Jimmy", dit Wayt.

Jim tourna les yeux vers la voix, mais ne put parler. Un silence de mort régnait dans la pièce. Wayt se débarrassa de sa veste et l'étala sur le blessé, puis il le souleva, le prit dans ses bras et l'emporta vers la porte. Jim, incapable de tenir sa tête, souffla :

"Je l'ai vu. Je l'ai vu à la fenêtre.

— Qui ?" demanda Wayt.

Mais Jim ferma les yeux et se mit à gémir. Brant et Deadwood ouvrirent la voie, sans plus aucune difficulté ; les hommes s'effaçaient vivement devant Wayt, certains ôtant leurs chapeaux. La rue était aussi muette que la salle de billard.

Doc Harley surgit en écartant les gens sur son passage, sans manteau ni chapeau. Ses bretelles pendaient le long de son pantalon.

"Vous ne devriez pas le bouger, Wayt.

— Taisez-vous, ordonna Wayt.

— Wayt, dit Brant, je te laisse. Je vais voir ce que je peux trouver…

— Hésite pas à lâcher du plomb.

— Je l'ai vu", dit Jim en ouvrant les yeux. Il essaya de passer ses bras autour de Wayt. "Wayt… Je vais mourir, hein ?

— Qui tu as vu, Jimmy ?

— Je veux pas mourir."

Arrivé au Golden Girl, Wayt porta Jim jusqu'à sa chambre. Deadwood et Doc Harley le suivirent dans l'escalier, ainsi que Luther, qui boitait et jurait à chaque marche. Quand Wayt le déposa sur le lit, Jim se recroquevilla sur le côté en pleurant, se tenant le ventre à deux mains.

"Jimmy, insista Wayt, qui tu as vu ?

— Lui, dit Jimmy en essayant de montrer quelque chose du doigt. Il me regardait." Il réussit à lever le bras et désigna Doc Harley, qui blêmit.

"Bon sang, Wayt, protesta le médecin. Je…

— Jimmy, reprit Wayt. Qui tu as vu ?"

Jim tourna la tête de gauche et de droite en luttant pour garder les yeux ouverts. Un long gargouillis monta dans sa gorge.

"Wayt, s'écria-t-il, je suis en train de mourir, hein ? Tu peux pas empêcher que je meure, Wayt ?" Les yeux soudain écarquillés, il tenta de s'asseoir. "Je l'ai vu tirer sur Rafael, Wayt. Je l'ai vu, il me regardait.

— El Guero ?

— Je l'ai vu, répéta Jim en se contorsionnant sur le lit. C'était Luis."

Wayt s'écarta d'un pas. Deadwood lui posa une main sur le bras.

"Je peux le descendre, Wayt…

— J'ai besoin de personne pour ça", répliqua Wayt.

Pendant que Doc Harley examinait Jim, Wayt se posta à la fenêtre et regarda dehors, mais il ne voyait rien. Alkali n'existait plus pour lui. Il pensa avec amertume à ce combat pour le maintien de l'ordre public qu'il menait depuis si longtemps. Le "maintien de l'ordre public" ! Oh oui, de belles paroles dans la bouche. Mais ça n'avait aucun sens quand on abattait votre frère comme un animal sans lui laisser la moindre chance. Au diable Alkali, au diable Henry Williams, Wingett, et tous ceux qui lui tapotaient l'épaule pour mieux se servir de lui. Il allait leur montrer ce qu'on gagnait à tuer un Johnson.

"Wayt..., dit Doc Harley en le prenant par le bras. Je ne peux rien faire pour Jimmy, sauf lui donner quelque chose qui calmera la douleur.

— Allez-y."

Doc Harley retourna au chevet du blessé. Un instant plus tard, Jim avait cessé de geindre et dormait en tournant la tête d'un côté à l'autre. Sa respiration était bruyante et irrégulière.

"Je vous laisse, Wayt, annonça Doc.

— Oui. Hé, Doc... Jim n'a nommé personne, compris ?

— J'ai rien entendu, Wayt." Le médecin sortit et referma doucement la porte.

Wayt se tourna vers Deadwood.

"Toi aussi, vas-y."

Deadwood obéit sans un mot. Luther approcha une chaise du lit et s'assit, tandis que Wayt restait debout à la fenêtre. Jim s'agitait toujours sur l'oreiller.

"Ils l'ont pas raté", dit Luther.

Wayt ne répondit rien.

"C'est ma faute, j'aurais pas dû le laisser sortir."

Silence de Wayt.

"Je préférerais que ce soit moi, couché là à sa place.

— Tu vas la fermer, oui !" éclata Wayt.

Luther le fixa longuement, puis se leva et quitta la pièce. Wayt s'approcha alors du lit et contempla Jim, son visage au teint jaunâtre, strié de sang. Il avait envie de hurler et de s'arracher les cheveux. De sortir dans la rue avec un fusil de chasse, de tuer. De voir des hommes tomber devant lui. De venger Jim. Mais il prit un linge de toilette sur la commode, le mouilla, et essuya le front et les joues de son frère.

Plus tard, Brant revint à l'étage et rejoignit Deadwood et Luther qui fumaient, debout devant la porte.

"N'entre pas, Brant, dit Luther. Wayt est vraiment bizarre."

Ils restèrent là longtemps, sans parler, puis Brant amena une chaise à Luther, que sa jambe faisait souffrir. Le temps passa. Aucun bruit n'émanait de la chambre. Une aube grise s'encadra dans la fenêtre au bout du couloir et les coqs commencèrent à chanter dans le quartier mexicain. Au moment où le soleil se levait, ils entendirent Wayt s'écrier d'une voix forte : "Dieu tout-puissant !" Brant, qui dormait à moitié, sursauta, puis alla ouvrir la porte. Jim était mort. Wayt pleurait, à genoux près du lit.

2

M. Hinton, le pasteur de l'Église épiscopale, debout à la tête de la tombe dans le petit cimetière à flanc de colline, lisait un passage de la Bible. Il avait ôté son chapeau, et une forte brise soufflant des montagnes de San Miguel lui ébouriffait les cheveux et plaquait son manteau contre sa silhouette. Des chevaux sans cavaliers broutaient tranquillement l'herbe tout au long de la route qui menait du quartier mexicain au cimetière de Boot Hill. Prospecteurs d'Elderville, cow-boys de la vallée de San Jose et des Upper Coyote Flats, joueurs et danseuses de saloon, convoyeurs venus d'aussi loin que Big Mesa, individus louches, barmans, hommes à tout faire, et même Yuma May avec une demi-douzaine de ses filles ; chacun s'était déplacé pour assister à l'enterrement de Jim Johnson, mais surtout, pour voir son frère Wayt. À quelques exceptions près, tous le détestaient et le craignaient. Ce n'était pas un homme de leur espèce. Trop taciturne, trop convaincu de sa propre supériorité, trop moral. Il ne se soûlait pas, ne gaspillait pas son argent, ne faisait pas la bringue dans les rues en tirant sur tout ce qui bougeait. Il ne leur souriait pas et ne leur tapait pas dans le dos comme un type normal. Il était toujours sérieux, la mine grave, jamais un moment de détente. Économe d'efforts comme de paroles. Froid et distant. Ils l'observaient, là, debout dans son costume noir, chapeau à la main, impassible, mais le teint blafard. Et ils se réjouissaient de ce spectacle. Bien sûr, ils ne s'étaient pas attendus à ce qu'il montre ses émotions. Ils le connaissaient trop bien pour ça. La pâleur de son visage leur suffisait.

Quand le fossoyeur commença à jeter la terre, Luther piqua du nez pour cacher ses larmes. Wayt l'entendit renifler.

"Lève la tête, Luther, dit-il. Ils te regardent."

Luther obéit.

Brant se tenait derrière Wayt et scrutait la foule, cherchant des yeux Joe Tod, Walt Northrup ou un de leurs hommes.

Smith Sanders et Deadwood manquaient au rendez-vous. Smith, à bout de nerfs comme Ed Deal quelque temps auparavant, s'était enfui à Tucson après avoir vendu sa part à Brant. Deadwood sillonnait le Nouveau-Mexique sur les traces d'El Guero.

Wayt se détourna quand il ne distingua plus le cercueil, suivi de Luther et de Brant. Le pasteur le retint par le bras et lui tendit la main.

"Toutes mes condoléances, monsieur Johnson.

— Merci", répondit Wayt.

Justin et Dixon lui emboîtèrent le pas. Brant fermait la marche, l'œil aux aguets, mais les hommes tout autour évitaient de croiser son regard.

Will Price et Wingett se détachèrent de la foule et, en silence, serrèrent la main de Wayt. Wingett était accompagné de sa fille, qui venait de rentrer du pensionnat dans l'Est où on l'avait envoyée. À sa vue, Wayt s'empressa de se découvrir.

"Monsieur Johnson, dit-elle, nous sommes tous terriblement désolés que vous ayez perdu votre frère.

— Merci, mademoiselle", répondit Wayt en s'inclinant poliment.

3

Wayt faisait une réussite, assis à une table dans le fond du bar, quand Deadwood entra, couvert de poussière et l'air épuisé.

“Alors ? interrogea Wayt.

— T'as raison, patron, à propos de ce graisseux.

— Comment ça ?

— Il se doute pas qu'on sait qui a tiré sur Jim. Enfin, c'est ce qu'y me paraît.

— Tant mieux.

— Parce que dans mon jeune temps, continua Deadwood, j'ai pas mal roulé ma bosse par chez eux. Sauf qu'ils ont jamais entendu causer de Deadwood. À l'époque, on m'appelait Black Hull. Ça, c'était quand je respectais pas trop la loi. Bref, j'ai croisé un gars de Sonora qui connaît El Guero. Même qu'il venait de le voir, et ce salopard-là se vantait d'être quelqu'un d'important à Alkali. Alors le gars de Sonora, j'y ai demandé si je pouvais faire passer une lettre à El Guero. Tu sais comment ils sont, les graisseux. Il voulait des dollars en pièces d'argent... En tout cas, il prétend que c'est pas un problème pour la lettre.

— Parfait, dit Wayt. Va dire à Brant et à Luther que je veux les voir en haut."

Wayt se leva et monta dans sa chambre. Deadwood partit à la recherche des deux autres.

Wayt ôta sa veste et s'allongea sur le lit. Il ne regardait plus jamais par la fenêtre à présent ; il n'allait plus contempler le désert au bout de la rue Huston. Il était un étranger ici, à Alkali, un étranger dans le comté de San Miguel. Il pensait souvent à Dodge City, à Trinidad, ou même à Rockford. Jim était encore avec eux alors, les choses avaient un sens. On pouvait être fier de représenter la loi, de couper l'herbe sous le pied des *desperados*, d'assurer le maintien de la paix et de briguer un mandat au bureau du shérif, et plus tard au Congrès, peut-être. Tout cela avait du sens : vouloir être une figure importante que les habitants flattent d'une bourrade dans le dos, vers qui ils se tournent quand l'orage menace ; empêcher que des hommes ne soient lynchés, pourchasser les bandits, et construire une société meilleure pour que puissent y vivre des gens comme Will Price, Henry Williams, Wingett et sa fille ; être un bon citoyen, qui observe la loi et s'aligne sur les meilleurs éléments. Il aurait même pu adhérer à un idéal de vie rangée, avec chemise à plastron amidonné et banc à l'église. Mais plus maintenant. En tuant Jimmy, ils avaient tout piétiné, ne laissant que le vide en lui.

Wayt sortit sa flasque et but au goulot, puis il se leva, déchargea son colt, le huila, et remit les cartouches.

Non, Alkali n'était plus la même. Elle redevenait une ville comme une autre ; un simple point sur la carte.

Il avait toujours su qu'on le détestait ici. Comme partout, depuis qu'il portait un insigne. La raison ne tenait pas seulement à sa personnalité : un homme qui essaie de faire régner la discipline n'a pas beaucoup d'amis. Mais des amis en nombre limité, il ne désirait rien de plus. Il était solitaire par nature. Luther, Jim, Brant et Deadwood lui suffisaient. Il n'aimait pas la fréquentation des gens en groupe. Parce qu'il était différent, il mettait les autres mal à l'aise. Oui, il n'avait jamais été très apprécié, mais cela ne le dérangeait pas. Il n'avait jamais redouté la force ou le pouvoir de la haine organisée. Et maintenant, Jim était mort.

Il savait qu'il était fini à Alkali. Que toutes ses ambitions et tous ses projets soigneusement élaborés étaient réduits à néant, et il s'en fichait. Parfois, plongé dans ses réflexions, il se demandait pourquoi il avait voulu devenir marshal, shérif, maire. Pourquoi il avait consacré tant d'efforts à faire régner l'ordre, subi tant d'affronts, perdu tant d'heures de sommeil. Pourquoi Wayt Johnson s'était-il engagé dans pareille cause ? Pourquoi Wayt Johnson ne s'était-il pas contenté de vaquer tranquillement à ses affaires et de sourire pendant que quelqu'un d'autre lui ôtait ce fardeau des épaules ? Il ne connaissait pas la réponse. Mais il savait qu'il n'épinglerait plus jamais un insigne à sa poitrine.

Fin Elder serait réélu shérif ; de cela il ne doutait pas. Ni que l'élection signerait la fin de l'ère Johnson à Alkali. Le mandat de Luther ne serait pas reconduit, non pas parce qu'il existait meilleur marshal que lui dans tout le Sud-Ouest, mais parce que c'était un Johnson. Les gens votaient pour des hommes comme Fin Elder. Beau parleur, adepte de la bonne vieille tape dans le dos autant que de la magouille, politicien minable. On se sentait des affinités avec Fin. On se moquait de lui, mais ses manières séduisaient.

Wayt sourit. Fin se montrait discret en ce moment, c'était le moins qu'on puisse dire. Ses affaires le retenaient à Big Mesa depuis qu'on avait tiré sur Jimmy. Wayt savait qu'il n'avait rien à voir avec l'assassinat. Ce n'était pas ainsi qu'il procédait. Il n'agissait jamais ouvertement. Il œuvrait dans l'ombre, par moyens détournés. Mais il réussissait. Wayt se demandait parfois si Fin n'avait pas raison, finalement. Si tout ce qu'on cherchait dans ce monde, c'était la réussite, alors Fin était le meilleur, indiscutablement. Et cette pensée ne faisait que confirmer Wayt dans sa résolution. Il en avait terminé avec la loi, avec les déclarations solennelles, avec l'avancement. Dorénavant il vivrait au petit bonheur la chance, comme Brant et une centaine d'autres de sa connaissance.

On frappa à la porte.

"Entrez", dit-il.

La porte s'ouvrit et Fin Elder passa la tête dans l'entrebâillement.

"Wayt... Je peux vous voir ?

— Je pensais justement à vous, Fin. Asseyez-vous."

Ôtant vivement son chapeau, Fin prit place sur une chaise d'un air tendu. "Wayt, commença-t-il. Ce qui est arrivé à Jim, j'en suis malade. On a pas été les meilleurs amis du monde, vous et moi, tant s'en faut... Mais je suis pas quelqu'un qui aime voir les gens se faire tuer. J'en suis vraiment malade.

— D'accord, Fin.

— J'espère que vous me tenez pas rigueur, pour ce que j'ai dit à propos de Jimmy...

— Non."

Fin tournait son chapeau entre ses mains.

"Je serais venu plus tôt, Wayt, mais j'étais parti à Big Mesa sur les traces d'un tueur. Je l'ai pas trouvé."

Wayt se taisait. Fin, très gêné, s'agitait en triturant son chapeau.

"Enfin quoi, Wayt, reprit-il, c'est pas parce que vous vous présentez contre moi à l'élection du shérif que ça nous interdit d'être amis.

— Je me présente pas", dit Wayt.

Fin resta bouche bée, l'œil fixe.

"Je me retire de la course, continua Wayt. Les gens ici ne peuvent pas piffrer les Johnson."

Fin posa son chapeau à ses pieds et sortit un document de sa poche.

"Wayt, c'est le mandat dont je vous ai parlé. Maintenant que Jimmy est mort, je le déchire. J'y croyais pas, de toute façon.

— Fin, vous êtes un menteur.

— Allons, Wayt, je viens ici pour vous faire une faveur et montrer un brin d'amitié. Pas étonnant que les gens du coin n'aiment pas les Johnson. Dans votre famille, vous êtes vraiment fâchés avec les bonnes manières."

Wayt sourit.

“Fin, vous avez peur.”

Fin se leva, rougissant, et bomba le torse.

“J’ai peur de rien du tout. J’essaie juste de me comporter en citoyen honnête et bien élevé. Le voilà, votre mandat.” Il jeta le document par terre. “C’est quand même incroyable, ajouta-t-il, cette manière qu’ils ont, les Johnson, de ne s’entendre avec personne d’autre qu’avec les Johnson. Incroyable, oui, parfaitement !”

Il sortit en claquant la porte. Wayt ramassa le mandat, le déchira en petits morceaux, et les jeta sous le lit. Ça n’avait aucune importance maintenant. Jimmy était parti ; rien ne pourrait plus l’atteindre. Quant à lui, à compter d’aujourd’hui, jamais il ne comparaîtrait à nouveau devant un tribunal. Personne ne l’arrêterait, dût-il faire l’objet d’une centaine de ces bouts de papier qu’on appelait des mandats d’arrêt. C’était terminé.

Brant ouvrit la porte. Luther et Deadwood entrèrent derrière lui.

“Je viens de voir Fin Elder redescendre, dit Brant. Qu’est-ce qu’il fichait ici, ce sale hypocrite ?

— Il voulait juste me témoigner « un brin d’amitié », répondit Wayt. Asseyez-vous donc, les gars… Eh oui. À en croire Fin, c’est pas parce qu’on se présente tous les deux à l’élection de shérif qu’on doit pour autant être ennemis.

— Quelle ordure ! s’exclama Brant.

— Mais je lui ai dit que je me retirais de la course et ça l’a un tantinet soulagé.

— Quoi, tu te présentes plus, patron ?" demanda Deadwood.

Brant et Luther échangèrent un coup d'œil.

"Non, répondit Wayt. Je me retire avec honneur. Ça m'évitera d'être battu."

Brant et Luther s'assirent sur le lit. Deadwood resta debout, adossé au mur, le regard fixé sur la rue. Wayt approcha une chaise de la commode pour écrire un mot.

"Brant, lança-t-il par-dessus son épaule, Deadwood a une piste pour El Guero.

— Tant mieux", dit Brant.

Quand Wayt eut terminé d'écrire, il se tourna vers les autres.

"Les gars, déclara-t-il, on sait tous qui a tué Jimmy, sauf que notre parole ne vaut pas tripette par ici. Aucun jury de ce comté ne le condamnera. Mais c'est pas grave.

— Ah ouais ? fit Brant.

— On va prendre la loi entre nos mains et ça va nous attirer un paquet d'ennuis. S'il y en a un ici qui veut partir, c'est le moment de parler."

Silence.

"Bon." Wayt leur fit passer la lettre.

Ils lurent :

CHER LUIS,

Avoir tué Jim Johnson, c'est du sacré bon boulot et la ville d'Alkali te doit une fière chandelle. On ne sait pas qui t'a engagé, ni si quelqu'un t'a engagé et ce qu'on t'a payé. Mais on a une proposition à te faire. Le pire des Johnson n'a pas été touché. Tu sais de qui on parle. On te versera cinq mille dollars le jour de sa mort. Le porteur de ce message te donnera cent dollars juste pour réfléchir. Si tu n'as pas peur, et on sait que c'est le cas, va avec lui au quartier mexicain, il nous contactera.

LES AMIS DE L'ORDRE

"Deadwood, ordonna Wayt. Remets l'argent à Jose Orante, et promets-lui le double à son retour. Si le plan marche, je me charge de le dédommager.

— Ça va pas être facile de le convaincre. Il a une peur bleue d'El Guero.

— L'argent ouvre toutes les portes chez les Mexicains, répliqua Wayt. Dis-lui d'aller voir le gars de Sonora et ils donneront la lettre ensemble.

— Je le sens pas trop comme ça, moi…, dit Deadwood. Les Mexicains, ils se tiennent les coudes entre eux.

— Ça vaut le coup d'essayer quand même", conclut Luther.

4

Le quinze novembre, les journaux d'Alkali firent paraître une édition spéciale. Le Golden Girl avait été vendu par M. W. S. Johnson et M. J. B. White à M. Geronimo Carmeno, propriétaire du White Front Saloon. Mais là n'était pas le plus intéressant. On apprenait aussi que Wayt Johnson ne se présentait plus à l'élection du shérif et que Luther Johnson renonçait à briguer le mandat de marshal.

Ce fut la fête à Alkali cette nuit-là. À partir du coucher du soleil jusqu'au lever du jour, les saloons et les maisons de jeu ne désemplirent pas. Les vachers de la vallée de San Jose entraient dans la ville à cheval en arborant ouvertement leurs armes. À minuit, la rue Huston était pleine d'une foule d'hommes ivres et de femmes qui avaient fait venir un orchestre du quartier mexicain. On alluma un grand feu de joie et les musiciens, ayant pris place sur la véranda de l'hôtel de l'Ancienne Piste, jouèrent jusqu'à l'aube.

Vers une heure du matin, Wingett et Henry Williams allèrent frapper à la maison que Wayt occupait dans la rue Stonewall. Aucune lumière ne brûlait aux fenêtres, mais une voix répondit :

“Qui va là ?

— C’est vous, Wayt ?” demanda Wingett.

Wayt ouvrit la porte.

“Eh bien, dit Wingett. La ville n’a plus aucune allure. Qu’attendez-vous pour ramener l’ordre ?”

Wayt le saisit par le poignet et lui fourra un objet dans la main. C’était un insigne.

“Épinglez-le sur George Stanley. Moi, j’arrête.

— Mais Wayt…, commença Wingett.

— Désolé.”

Et Wayt referma la porte.

“C’est une plaisanterie, j’espère, dit Wingett.

— Je ne crois pas, non, répondit Henry Williams. Wayt n’est plus le même depuis la mort de Jimmy. M’est avis que ça va nous retomber dessus, monsieur Wingett.”

Ils retournèrent au tribunal et, après une brève concertation, envoyèrent chercher George Stanley.

5

Wayt était assis devant chez lui dans l'obscurité, un fusil sur les genoux, quand Brant arriva au galop. Il se leva d'un bond.

"Qu'est-ce qui se passe, Brant ?"

Brant sauta à terre et attacha son cheval.

"Je suis pas complètement certain, Wayt... Mais on dirait que Luis a pris la poudre d'escampette.

— Nom de Dieu !" s'exclama Wayt.

Brant posa une main sur son épaule.

"T'inquiète pas, on te le retrouvera. On a bien failli l'avoir ce coup-ci. Mais il a dû avoir la frousse. Personnellement, je le comprends.

— Et Jose ? demanda Wayt. Tu crois qu'il lui a lâché le morceau ?

— Ça m'étonnerait, répondit Brant. Pourquoi il l'aurait ramené ici, sinon ?"

Wayt se rassit. Brant, appuyé contre le mur, roula une cigarette.

"Comment va Luther ? interrogea-t-il au bout d'un moment.

— Bien. Il a toujours de la fièvre, mais sa jambe lui fait moins mal."

Brant ne dit rien. Wayt se leva, rentra dans la maison, puis revint un instant plus tard.

"Il dort, annonça-t-il. Je crois que ça va mieux."

Bientôt, ils entendirent un bruit de sabots. Une voix les héla : c'était Deadwood. Jose Orante marchait près de lui et le suppliait de ne pas le tuer.

"J'arrive rien à en tirer, Wayt", dit Deadwood.

Wayt attrapa Jose par le poignet et l'entraîna dans la maison. Brant et Deadwood entrèrent aussi. Brant alluma la lampe. Ils furent alors frappés par la pâleur du Mexicain ; ses lèvres bleues, ses yeux effarés. Quand Wayt décrocha un fouet du mur, il tomba à genoux et se mit à prier en espagnol.

"Jose, dit Wayt. Je t'ai donné deux cents dollars, non ?

— *Sí, señor.*

— Alors, comment t'as fait pour laisser El Guero t'échapper ? Tu lui as dit quelque chose ? Je te conseille de parler, sinon je te flanque une raclée que t'es pas près d'oublier.

— *Señor*, s'écria Jose, je lui dis rien du tout. Mais c'est comme ça, El Guero… Il part chercher quelque chose. Voir une fille… El Guero me tue si je lui raconte ce que vous faites. Moi, je dis rien du tout. Peut-être il revient, peut-être pas… Je sais pas. Comment je peux l'empêcher, hein ?"

Wayt leva son fouet.

"Qu'est-ce que tu lui as dit ?

— *Señor !* Je lui dis qu'il peut gagner beaucoup d'argent s'il vous tue. Je dis que je connais des hommes qui paient. Tout ce qu'il doit faire, c'est vous tuer, et après je donne l'argent."

Wayt se détourna et désigna une chaise.

"Assieds-toi là, et je te conseille pas de bouger."

Brant prit la parole. "À mon avis, Wayt, Luis est pas du genre à laisser passer l'occasion. Il veut faire le coup, et *pronto*, pour toucher l'argent de Jose."

Wayt hocha la tête.

"Ben oui, fit Deadwood. C'est comme ça qu'ils fonctionnent, ces gars-là.

— Peut-être, répondit Wayt. Ou alors il est venu voir les salopards qui l'ont payé pour tuer Jimmy.

— Je sais ! s'écria Jose. Il dit que peut-être il va au White Front.

— Toi, Jose, tu as eu le temps de lui parler, fit remarquer Wayt. Qu'est-ce qu'il a raconté sur nous ?

— *Señor*, il dit que les Johnson sont des imbéciles. Les Johnson se battent en pleine rue, ils connaissent pas les ruses apaches. Il dit aussi que les Johnson, ils savent pas qui a tué Jimmy. Et il rigole.

— Brant, ordonna Wayt, va jeter un coup d'œil du côté du White Front. S'il n'y est pas, cherche dans le quartier mexicain. Je t'attends au croisement de la rue Archer et de la grand-rue, en face du Golden Girl.

— OK."

Brant partit aussitôt vers la porte.

"Hé Brant…, lança Wayt. Rabats-le vers moi. Ne dégaine pas, sauf si tu vois qu'il essaie de s'échapper."

Brant sourit et sortit.

“Va réveiller Luther, Lafe”, dit Wayt à Deadwood.

Celui-ci, après un hochement de tête, passa dans la pièce voisine.

“Jose, déclara Wayt, je crois que je me suis trompé sur ton compte. Si on chope El Guero, tu seras payé intégralement. Mais je veux pas que tu bouges de cette chaise jusqu'à mon retour.

— *Sí*”, répondit Joe en s'inclinant, visiblement soulagé.

Luther entra dans le salon, en pantalon et chemise de corps, ses bottes à la main.

“Alors ? demanda-t-il.

— Luther, dit Wayt, tu vas surveiller ce Mexicain un petit moment. Éteins la lumière et reste dans le noir, ça vaudra mieux. El Guero rôde dans les parages.

— OK.” Luther se tourna vers Jose. “Écoute-moi bien, toi. Quand j'éteindrai c'te lumière, t'as pas intérêt à t'agiter. Sinon je risque de faire une bêtise.

— Mais *señor*, protesta Jose, je suis du côté des Johnson.”

Quand Wayt et Deadwood furent sur le point de partir, Luther souffla la lampe.

“Tes bagages sont prêts, Luther ?” demanda Wayt.

Luther rit.

“Dans mon sac de selle, répondit-il.

— C'est vrai qu'on emporte pas grand-chose, les uns et les autres”, reconnut Wayt.

Wayt et Deadwood sortirent. Lorsqu'ils eurent atteint le réverbère au croisement des rues Stonewall et Archer, Wayt dit :

“Commence par le nord de la ville, Lafe, et redescends vers le sud. Mais ne tire pas, sauf si t’es obligé.

— Oui, patron, répondit Deadwood. Ce gars-là, il est pour toi.”

Wayt regarda Deadwood s’éloigner, puis, se détournant, remonta lentement la rue Archer. Onze heures du soir, les rues étaient pleines de monde. Des vachers parlaient et riaient près de l’entrée du Transcontinental ; on pouvait à peine circuler sur les trottoirs devant le Palace Dance Hall ou le Golden Girl. C’était la nuit de Thanksgiving, toutes les boutiques restaient ouvertes, et il faisait presque aussi clair qu’en plein jour. Il y avait des prospecteurs, le visage luisant, fraîchement rasés en ce jour de fête, vêtus de chemises propres, portant même chapeaux melon et bottines ; des officiers de la cavalerie venus de Fort Blaine, dans leurs fringants uniformes, qui tortillaient leurs moustaches et flirtaient avec les femmes ; des ranchers de la vallée de San Jose, en habits de confection assortis de grands sombreros ; des Chinois, des Mexicains, et même des nègres, tous sur leur trente et un.

Wayt traversa la grand-rue et alla se tenir devant le Golden Girl, appuyé contre un poteau, le chapeau rabattu sur les yeux. Il ne prêtait aucune attention aux gens qui déambulaient tout autour ; il ne voyait pas les torches allumées devant le Palace, n’entendait pas le raclement des violons. Il scrutait la rue droit devant lui. Le temps s’écoula. Quelqu’un le bouscula et lâcha un juron en lui reprochant de bloquer le passage. C’était un étranger. Wayt le considéra froidement, et l'homme qui l'accompagnait le prit aussitôt par le bras en soufflant : "Imbécile ! C'est Wayt Johnson." Wayt détourna les yeux. La foule se pressait sur les trottoirs, les violons jouaient sans répit. Au bout d'un moment, il regarda sa montre. Une voix le héla : George Stanley approchait, arborant fièrement son insigne de marshal.

"Hé, Wayt !

— Salut, George.

— Je vois que vous êtes armé, Wayt.

— Tout juste. Vous êtes pas en train de faire respecter l'ordonnance, là. Hein, George ?

— Si. Pour la racaille, Wayt. Allez, à plus tard."

Wayt suivit des yeux George Stanley qui s'éloignait. Lui aussi, jusqu'à il n'y avait pas si longtemps, il prenait son rôle au sérieux et plastronnait avec un insigne en se donnant l'air important. Au diable tout ça ! Il haussa les épaules et repoussa son chapeau en arrière. Puis il regarda à nouveau sa montre. Une heure et vingt minutes. Les violons menaient toujours la danse. Au moment où il se roulait une cigarette, Brant l'attrapa par le bras. Il était rouge et haletant.

"Alors ? fit Wayt.

— Le v'là, annonça Brant. Je crois qu'il va chez les Orante.

— À cheval ?

— Oui. En plein milieu de la rue, ce crétin… Il est complètement *loco*.

— Brant, ordonna Wayt, garde un œil sur les environs. On sait jamais, ça pourrait bouger.

— J'en fais mon affaire."

El Guero approchait lentement, tirant sur une cigarette, la jambe droite passée sur le pommeau de la selle. Il semblait parfaitement à l'aise.

Wayt fit un pas vers lui.

"Luis !"

El Guero tourna la tête. Apercevant Wayt, il jeta sa cigarette et glissa prestement son pied droit dans l'étrier. Puis il sourit.

"Buenas tardes, amigo." Mais il était en alerte, la bouche visiblement sèche.

"Luis, dit Wayt. Descends de là. J'ai à te parler."

El Guero pressentit le danger. Ôtant son chapeau, il se pencha en avant, comme pour s'incliner, et éperonna son cheval qui partit au galop. Wayt dégaina, visa, tira. Le cheval trébucha, puis s'arrêta, fit un demi-tour sur lui-même et s'effondra, jetant El Guero à bas de la selle.

Au bruit de la détonation, des hommes sortirent aussitôt des dancings et des bars, heurtant ceux qui, dehors, se précipitaient à l'abri. Ce fut la panique quand une voix claironna : "C'est les Johnson !" Alkali vivait dans la crainte des représailles depuis la mort de Jim Johnson, et quiconque ayant échangé une parole avec les Tod ou les Northrup se considérait à présent comme une victime potentielle. Avant même qu'El Guero ne soit debout, il ne restait plus personne dans la rue hormis une douzaine de courageux chez qui la curiosité l'emportait sur la peur. Brant, appuyé contre une barre d'attache devant le Palace, gardait la main sur son revolver.

Sonné par sa chute, El Guero se releva lentement. Il vit Wayt marcher droit sur lui, le revolver fumant.

"*Amigo !* s'écria-t-il. Qu'est-ce que j'ai fait ?

— Luis, lança Wayt. Tu as tué Jimmy. Mais je vais pas juste t'abattre comme tu le mérites. Dégaine ton arme et montre de quoi t'es capable."

El Guero prit à partie les hommes attroupés non loin.

"Empêchez-le ! cria-t-il. J'ai rien fait. Je suis ami des Johnson… Il va me tuer.

— Luis, répéta Wayt. Je te donne une dernière chance."

Les hommes battirent en retraite, certains rentrèrent dans le dancing. Ils n'allaient sûrement pas se mêler d'une affaire pareille ; pas contre ces *locos* de Johnson.

"Tue-le, Wayt, dit Brant.

— Luis est ami des Johnson, lança El Guero à la cantonade. Luis ne tue pas Jimmy. Jimmy est ami de Luis."

Il recula vers le dancing. Pendant que Wayt hésitait, le cheval d'El Guero fut pris d'un sursaut et tenta de se relever, avançant la tête et le poitrail entre Wayt et le Mexicain.

"Attention !" cria Brant.

Brusquement, El Guero s'enfuit vers la ruelle sombre qui longeait le dancing. Wayt fit un pas de côté pour dégager son champ et ouvrit le feu. El Guero s'arrêta net, agrippant à deux mains le coin du bâtiment. Wayt tira encore trois fois. El Guero s'effondra lentement à genoux en se tenant toujours au mur. Quand Brant tira à son tour, plus près, il tomba à la renverse.

“T’as ton compte, salopard !” lâcha Brant.

Il n’y avait plus que trois hommes dans la rue maintenant : un étranger de Big Mesa, un prospecteur ivre d’Elderville qui ne comprenait pas la raison de ces coups de feu, et George Stanley, dont le devoir paraissait tout tracé. Pourtant, après avoir vu El Guero mourir, il se détourna soudain et descendit la rue Archer.

“Bonté divine, dit l’étranger à Wayt. Voilà ce qui s’appelle tuer de sang-froid.

— Ça te pose un problème ?” grogna Brant.

L’étranger fit machine arrière. “Non…

— Il a tué mon frère”, expliqua Wayt.

Brant se pencha sur El Guero.

“Il est mort, déclara-t-il, et Alkali est débarrassée d’une belle canaille.”

Wayt rechargea son arme et s’éloigna. Au croisement avec la rue Archer, il tomba sur Deadwood qui arrivait en courant.

“Je l’ai eu, dit-il.

— J’ai entendu”, répondit Deadwood.

Brant les rattrapa et ils regagnèrent ensemble la maison. Luther était assis sur les marches devant la porte, Jose à ses côtés.

“Alors ? demanda Luther.

— On l’a eu, répondit Wayt.

— Ouais, fit Brant, mais de justesse. Y a pas plus gentil que ton frère dans tout le Sud-Ouest, Luther.

Quand je pense qu'il a laissé à c'te vermine une chance de dégainer !

— Ah, vous voyez ? s'exclama Jose. C'est la vérité. Moi, je suis pour les Johnson. Je lui dis rien.

— Tu es un bon bougre, Jose, reconnut Wayt. Viens à l'intérieur, on va te régler ton dû."

Wayt entra dans la maison et alluma la lampe. Les autres le suivirent. Lorsqu'il eut reçu sa paie, Jose s'arrêta un instant sur le seuil en partant. Il s'inclina, tout sourire.

"Vous savez pas comme je hais El Guero. Il tue mon frère. Je ramène mon frère à la maison dans un chariot. Après, il meurt quand je suis parti. Mais je dépense de l'argent pour l'enterrer. Je dépense l'argent du *señor* Wayt Johnson aussi pour ma grand-mère. Vous savez pas comme j'aime les Johnson. Merci, merci."

Après le départ du Mexicain, Luther s'étendit sur le canapé et les autres s'assirent tout autour. Personne ne parlait. Brant sortit une bouteille de whisky et la fit circuler.

Enfin, Wayt prit la parole :

"Bon, les gars. Je crois bien qu'on est finis à Alkali."

Pas de réaction.

"Ça n'a pas été une ville facile pour nous, continua Wayt, et je peux pas dire que je regrette de vider les lieux.

— Wayt, dit Luther, tu penses pas qu'on devrait se mettre en route ce soir ?

— Pas question de partir la nuit, répondit Wayt. Je m'en vais roupiller… Maintenant que ce salopard est mort, je peux dormir en paix.

— Ben alors, vas-y tout de suite, grommela Brant, parce qu'on ferait mieux de se barrer à l'aube.

— Ou un poil plus tard", dit Wayt en souriant.

Il se retira dans sa chambre, ôta ses bottes et s'allongea sur le lit. Un instant plus tard, il ronflait.

Deadwood se gratta pensivement la tête. Puis, désignant la chambre d'un geste du pouce :

"C'est plus le même Wayt. On dirait qu'il se fout de tout maintenant.

— Ça lui a fichu un sale coup que Jimmy se fasse descendre, expliqua Luther. Notre mère lui avait demandé de veiller sur lui.

— Moi, je vais vous dire une chose, déclara Brant. Wayt Johnson est le type le plus carré que j'ai jamais rencontré. J'ai jamais obéi aux ordres de personne avant lui.

— C'est comme ça avec Wayt, dit Luther. Les gens qui le connaissent lui obéissent."

Ils fumèrent en silence.

"Comment va la jambe, Luther ? demanda Brant au bout d'un moment.

— Elle me taquine, juste là, et j'ai encore un brin de fièvre. Sûrement que c'était une balle empoisonnée.

— Tu tiendras le coup en selle ?

— Faudra bien."

Deadwood se leva et s'étira. "Je m'en vais m'asseoir sur le devant, histoire de vérifier qu'y a pas de rôdeurs.

— Luther, demanda Brant, tu crois qu'ils vont venir nous arrêter à cause de Luis ?

— Possible, marmonna Luther, sauf qu'on se laissera pas emmener. C'est ça qu'il a dit, Wayt."

À l'aube, Deadwood faisait toujours le guet sur la véranda, et Wayt, assis près de lui, enfilait ses bottes. Le soleil se levait au-dessus des collines Rouges, les rues peu à peu s'emplissaient de lumière. Une brise régulière soufflait de la *mesa*. Ils entendirent des coqs chanter.

"Et voilà, Lafe, dit Wayt. Notre dernier matin à Alkali.

— Ouaip, fit Deadwood. Mais j'ai vu un paquet de villes en dix ans et pour moi, elles se valent toutes.

— Hé, lança Luther à l'intérieur. Le petit-déjeuner est prêt."

Ils rentrèrent dans la maison où flottait une odeur de café et de bacon. La table était mise. Brant ronflait, étendu sur le canapé. Wayt le secoua.

"Brant. Allez, ouvre les yeux.

— Ça fait une demi-heure que je l'appelle, dit Luther. J'ai jamais vu quelqu'un qui écrase aussi fort."

Wayt bouscula encore Brant. Celui-ci le considéra tranquillement.

"Ben dis donc, monsieur Johnson, on est bien frétillant ce matin." Il se mit enfin debout, bâilla, s'étira. "Faut jamais se bouger avant midi, moi j'dis. Le soleil peut se lever tout seul, j'ai aucun plaisir à lui tenir compagnie."

Ils prirent place autour de la table. Il faisait grand jour maintenant. Des hommes passaient devant la maison, en route vers leur travail.

“C’est marrant, fit remarquer Brant, on a pas vu d’agent de la paix ni rien. Je m’attendais à ce que George Stanley rapplique avec ses hommes, vu qu’il se trouvait sur les lieux du décès.”

Après avoir avalé une deuxième tasse de café, Deadwood annonça : “Je m’en vais chercher les chevaux.”

Les autres s’attardèrent un moment, puis se levèrent, enfilèrent leurs manteaux, vérifièrent la charge de leurs armes, et sortirent. Luther verrouilla la porte et posa la clé sur le rebord de la fenêtre.

Wayt contempla longuement la rue. “Je remettrai plus jamais les pieds dans cette ville.

— Toutes les villes se ressemblent, en fin de compte, grommela Brant. Et y en a aucune où les gens se laissent pas tenter par une partie de pharaon, alors on est tranquilles.”

Un homme qui partait travailler traversa la rue pour éviter de les croiser. Il était resté debout une grande partie de la nuit avec les membres de sa famille à discuter de la mort d’El Guero et du traitement que les autorités infligeraient aux Johnson.

“Salut, lui lança Brant en poussant Wayt du coude.

— Bonjour, monsieur”, répondit l’homme.

Brant rit.

“Regardez-le donc faire son timide. Qu’est-ce qui lui prend de me donner du monsieur ? Il a joué à ma table de pharaon.”

Quand Deadwood eut amené les chevaux, Wayt aida Luther à monter en selle. Celui-ci grognait et jurait dans sa barbe.

“J’aimerais autant être mort que me traîner cette saleté de jambe, maugréa-t-il.

— Elle va se calmer”, dit Wayt.

Le cheval de Brant s’agitait et caracolait en essayant de tourner sur lui-même. Brant le mit en garde. “Attends un peu, mon petit bonhomme, t’auras moins envie de danser demain matin.”

Deadwood et Wayt enfourchèrent leurs montures. Deadwood, menant le cheval de somme, voulut partir vers le bas de la rue Stonewall, mais Wayt ordonna :

“Par ici, Lafe. On va se jeter un verre au White Front.”

Brant rit. “T’as raison. Autant faire les choses bien. Du diable si on a peur de c’te ville.

— Moi ça m’est égal, déclara Luther, mais je dis qu’on a déjà assez balancé de plomb. Si on se pointe dans la grand-rue, on sera peut-être obligés d’arroser encore.

— C’est comme ça”, répliqua sagement Brant.

Ils descendirent la rue Archer en chevauchant de front et tournèrent dans la grand-rue. Wayt, Luther et Brant tenaient chacun un fusil en travers de leur selle ; Deadwood, qui devait mener le cheval de somme, gardait le sien dans son sac.

Les gens sortaient des boutiques pour les regarder. Des hommes encore tout ensommeillés se penchaient aux fenêtres. “Bon débarras !” cria quelqu’un, et une brève acclamation lui fit écho. À la hauteur du Transcontinental, une voix demanda : “Vous partez à la chasse, les gars ?

— Oui, répondit Brant, la chasse aux abrutis. Tu ferais mieux de rentrer ta tête."

La ville était bien réveillée maintenant. Les employés balayaient les trottoirs devant le seuil des boutiques, les lumières s'éteignaient dans les saloons et les maisons de jeu, et Ez Coons, le postier, déverrouillait les portes de l'établissement. Trois Mexicains qui traînaient au coin d'un bâtiment détalèrent dans une ruelle dès qu'ils aperçurent les Johnson.

Les cavaliers arrivèrent devant le White Front. Brant et Wayt mirent pied à terre. Luther resta en selle à cause de sa jambe et Deadwood lui tint compagnie. Quand le barman vit entrer Brant et Wayt, il se retourna et lança :

"Joe !"

Carmeno émergea d'une pièce à l'arrière.

"Quoi ?" fit-il. Il sursauta en découvrant Brant et Wayt. "Oh, bonjour. Levés de bonne heure, hein ?

— Sors-nous ton meilleur whisky, Joe, dit Brant. On se tire de cette belle ville.

— Ça alors ! s'exclama Carmeno.

— Ouais, continua Brant, on se dit qu'on est plus aussi appréciés qu'y a un temps.

— Ça alors !"

Ils burent en silence. Tandis que Joe leur resservait à boire, ils entendirent des voix. Un attroupement s'était formé dehors. Deadwood les appela.

"Ben dis donc, fit Brant. Si c'est pas des agents de la paix, de si bon matin.

— Ils arrêteront personne, Brant, affirma Wayt.

— Ouais, je sais."

En ressortant, ils virent Fin Elder et George Stanley qui parlaient à Luther. La foule était massée au milieu de la chaussée. Sur un côté, des Mexicains proféraient des menaces en espagnol.

Fin Elder s'approcha de Wayt.

"Wayt Johnson, je vous arrête pour le meurtre de Luis Montoya.

— Et moi, Fin ? demanda Brant.

— Vous aussi.

— En selle, Brant, dit Wayt, et fais pas l'insolent avec les agents du maintien de la loi."

Tournant le dos à Fin, Brant monta à cheval. George Stanley s'avança vers Wayt.

"Fin, dit Wayt, suivez mon conseil. Laissez tomber. On s'en va pour de bon, vous aurez plus jamais d'embêtements à cause de nous.

— Wayt, répondit Fin, en tant que shérif du comté de San Miguel, je vous demande de déposer vos armes et de venir avec moi sans résister.

— Fin, rétorqua Wayt, si vous vous obstinez, vous allez vous faire descendre, et alors que deviendra le comté de San Miguel ? Pensez à tous ces pauvres gens qui se retrouveront à la merci des hommes sans loi. Oh non, Fin ! À votre place, j'insisterais pas."

Fin se gratta la tête et consulta George Stanley.

"Qu'est-ce que vous en dites, George ?"

George baissa les yeux. "Ben... On est que deux."

Wayt enfourcha sa monture. Brant et Luther partaient déjà vers l'ouest.

"Allons-y", dit Wayt.

Mais la foule protesta. "Arrêtez ces hommes, Fin Elder ! cria quelqu'un. Vous êtes donc pas shérif ?" Fin hésitait toujours. Les cavaliers s'éloignèrent dans la rue Huston, Luther et Deadwood en tête, regardant droit devant eux, tandis que Brant et Wayt remontaient de chaque côté, la main sur leur fusil. "Fin Elder ! lança une voix, t'es un shérif de pacotille !" L'un des Mexicains lâcha une bordée de jurons en espagnol, puis, sortant un revolver, tira dans la direction de Wayt, mais manqua sa cible. Fin bondit et le frappa sur le crâne avec la crosse de son arme. "Dis donc, toi ! Tu oses troubler l'ordre public ?" s'écria-t-il avant de l'entraîner vers la prison.

Brant White éclata de rire.

"Qu'est-ce que je disais, hein, Wayt ? Dans tout le Sud-Ouest, y a pas mieux que Fin Elder pour faire respecter la loi. Vise un peu comment il embarque ce roi de la gâchette."

Wayt ne répondit pas. Ils chevauchèrent en silence tous les quatre. À la lisière de la ville, ils s'engagèrent sur la piste de War Bonnet et filèrent vers l'ouest.

POSTFACE
DE BERTRAND TAVERNIER

Aucune introduction, aucune précaution narrative. Dès les premières lignes, dès le premier paragraphe, Burnett vous plonge dans un monde dont il ne vous a donné ni les tenants ni les aboutissants. Rien sur l'époque, le contexte historique. Juste quelques lignes sobres, sèches, quelques notations minimalistes pour décrire physiquement un personnage, indiquer le moment de la journée – en l'occurrence une fin d'après-midi –, et qu'on entre dans une ville qui se réduit pour le moment à un saloon :

> Le soir tombait quand Wayt Johnson descendit de cheval devant le Golden Girl Saloon. Le soleil se couchait sur la montagne de l'Aigle et, déjà, le crépuscule envahissait la vallée. Wayt était un homme de stature imposante, blond, les traits aquilins, avec de larges épaules et une silhouette maigre et dégingandée qu'il avait héritée d'une longue lignée d'ancêtres pionniers. Il se tenait le dos voûté, la tête légèrement inclinée sur un côté. Après avoir attaché sa monture, il ôta ses gants et essuya la poussière

d'alcali qui recouvrait son costume sombre et son grand chapeau noir.

Le dialogue qui suit laisse entendre tout aussi nettement que l'histoire a déjà commencé – vol de chevaux, rivalité entre des clans – et qu'on ne vous a pas attendu. Les livres de Burnett n'ont jamais de vrais débuts, de débuts classiques, bien ordonnés, où l'auteur, jouant les maîtres de cérémonie, vous présente la situation et les différents protagonistes. Ce sont eux qui vont devoir s'y coller. Avec tout ce que cela suppose de sous-entendus, de jugements biaisés, d'opinions subjectives. Ce sont eux qui vont dessiner le contour des conflits, lesquels, semble-t-il, se déroulent déjà depuis un certain temps, bien avant le premier chapitre.

Brant White, qui prenait l'air sur le seuil, s'avança à sa rencontre. Wayt sourit.

"Hé, Brant.

— Salut, Wayt. Il se fait tard…

— Oui, mais la journée a été bonne. J'ai retrouvé la jument noire que j'avais perdue en avril.

— Ça alors, dit Brant. Et je serais prêt à parier un paquet de jetons de poker qu'elle était pas en train de gambader dans la prairie.

— T'aurais bien raison, répondit Wayt. Elle était attachée devant chez Joe's Place, à Elderville. J'ai confisqué la selle aussi, pour la peine."

Les amateurs de la Série Noire auront remarqué les similitudes avec l'ouverture, fracassante, du *Petit César* :

> De son fauteuil près de la fenêtre Sam Vettori regardait machinalement dans Halstead Street. Gras comme un porc, le teint brun et huileux, les cheveux noirs et crépus, Sam Vettori avait, au repos, un air de bonhomie léthargique derrière lequel se dissimulait un caractère morose, colérique et sournois.

Il est intéressant de comparer la première page de *Saint Johnson* et l'ouverture du remarquable film d'Edward L. Cahn qui en a été tiré et sur lequel je reviendrai. Film longtemps méconnu (Wikipédia ne le cite même pas parmi les œuvres consacrées à Wyatt Earp et OK Corral), écrit par John Huston – c'est sa première rencontre avec le romancier – et Tom Reed, un ancien journaliste qui signa plusieurs scripts talentueux. Nous fûmes, Jean-Pierre Coursodon et moi-même, sans doute les premiers en France à défendre *Law and Order*, que Patrick Brion avait présenté dans son *Ciné-club* : "Il s'agit d'un des plus passionnants westerns des années 1930, toujours oublié par les historiens et beaucoup plus excitant dans son approche du genre que des œuvres plus célèbres de King Vidor et William Wellman." Après avoir célébré les mouvements d'appareil très composés, nous ajoutions : "Est-ce dû à Burnett ou à Huston ? En tout cas on trouve de multiples notations quotidiennes, un refus de l'héroïsme qu'on ne décèlera plus dans le western pendant vingt ans. Même le règlement de comptes final est traité de manière anti-héroïque (et décevante pour certains)."

Mais revenons à cette ouverture qui bafoue de manière tellement ostentatoire tous les principes, toutes les ambitions du roman et à celle de son adaptation cinématographique qui a dû être rajoutée après coup par le studio, à savoir Universal, sans doute très perturbé par le parti pris de Burnett, Huston et Cahn : il s'agit d'une séquence de montage, utilisant des bouts de films, certains sans doute muets, pour évoquer de manière pesante, explicative, tout le contexte historique, la guerre de Sécession, les conflits avec les Indiens, les caravanes, la ruée vers l'Ouest. Tout ce qu'évitent le livre et la suite du film. Je sais qu'Edward L. Cahn a été le monteur de *Broadway*, de Paul Fejos, du magnifique *L'Homme qui rit*, de Paul Leni, et de la dernière version d'*À l'Ouest, rien de nouveau*, et peut-être est-ce lui qui a techniquement collé ces images. Il n'en demeure pas moins que cette ouverture didactique et grandiloquente (relisez les premières lignes du livre) est mise à mal dès la première séquence dont les options stylistiques autant que dramaturgiques contredisent tout ce que l'on vient de voir. Une caméra très mobile suit en plan serré des verres d'alcool qu'on distribue à des joueurs et à des buveurs. Cela permet d'évoquer une partie de poker qui est en train de mal tourner sans utiliser de plan large, de vues d'ensemble et de la situation et du décor, ce qui renforce la tension dramatique, l'impression d'étouffement, de claustrophobie. Cahn retrouve, par une approche très différente (les longs travellings semblent, sur le papier, le mode d'expression le plus éloigné de la prose acérée de Burnett, et pourtant l'effet est le même), la dynamique dramaturgique du romancier, son âpreté dépouillée, l'absence de tout esprit moralisateur – ce qui ne veut pas dire qu'il n'y ait pas de morale. Ces travellings ne viennent jamais exalter une action, contrairement aux mouvements de Daves ou de Tourneur, voire de Fuller. Ils sont, comme la prose de Burnett, dépourvus de tout lyrisme, circonscrivent les conflits, les affrontements qu'ils enferment au lieu de les ouvrir sur le monde, les privant de toute valeur cathartique. Il est aussi symptomatique que Huston et Tom Reed fassent arriver Wayt Johnson, son frère et Brant dans une ville (Tombstone dans le film, Alkali dans le roman) après avoir hésité entre deux bourgades, créant un mouvement dramatique dont le romancier s'est débarrassé : visiblement, ses protagonistes y vivent depuis un certain temps, ils sont ancrés dans le décor, n'ont nul besoin de le découvrir (et donc de le faire découvrir). Étant déjà au courant de certaines pratiques, leurs explications sont elliptiques. Trop sans doute pour une adaptation.

Burnett a transposé dans l'Ouest américain l'écriture dense, ramassée, compacte, avare d'explications, de descriptions de ses romans criminels. Pour lui, il n'y a aucune différence entre Chicago et Alkali (transposition fictionnelle de Tombstone), et les rivalités, voire les haines, qui opposent les différentes ethnies ou nationalités – dans un cas les Italiens, les Irlandais, les Juifs, dans l'autre les Mexicains, les Indiens, les Américains de toute provenance – sont très proches : la violence, la brutalité sont identiques.

Et ce coup d'essai est un coup de maître qui pose d'ailleurs de multiples questions. *Saint Johnson* s'inspire d'un épisode célèbre de l'histoire de l'Ouest, le règlement de comptes à OK Corral qui opposa, le 26 octobre 1881, le clan Earp à la famille Clanton, à Tombstone, une de ces villes-champignons de l'Arizona, qui avait surgi deux ans plus tôt grâce aux mines d'argent et au bétail. Pour des raisons mystérieuses, Burnett change l'identité des participants et le nom de la ville qu'il rebaptise Alkali pour ensuite révéler aux lecteurs dès les premières éditions la véritable identité des personnages. Wyatt Earp est mort depuis un an à Los Angeles d'une cystite aiguë, le 13 janvier 1929, lorsque le roman paraît en 1930. Evan Lewis émet dans le *Davy Crockett's Almanack* une hypothèse plausible : Burnett et/ou son éditeur auraient craint les foudres de la veuve d'Earp, une ancienne actrice, Josephine Sarah Marcus, qu'on appelait le plus souvent Josie. Les veuves des héros de l'Ouest étaient souvent fort remuantes et Mme Custer, par exemple, attaqua toute sa vie les articles dénigrant son mari, bloquant l'accès à ses archives.

Toujours est-il que *Saint Johnson*, première évocation romanesque d'OK Corral, sortit un an avant la biographie officielle d'Earp qui épousait son point de vue, sa vision : *Frontier Marshall*, de Stuart Lake, laquelle se révéla, à l'épreuve du temps, fortement romancée et fantaisiste jusque dans l'utilisation par Earp du colt Buntline dont il ne s'est jamais servi.

Deux ouvrages avaient déjà fait connaître Earp quelques mois avant la publication du roman de Burnett : le premier fut *Helldorado: Bringing the Law to the Mesquite*, de William M. Breakenridge. L'auteur avait quitté Tombstone, où il faisait partie des adversaires du marshal, peu après OK Corral, et avait travaillé comme marshal pour les compagnies de chemin de fer et rencontré Earp, dont il faisait pourtant un portrait fort peu flatteur, le traitant de maquereau, de tricheur, de voleur et d'assassin. Ce qui entraîna une réaction furibarde de l'intéressé et de sa femme, qui dénoncèrent violemment le livre, le qualifiant de pure fiction. Était aussi sorti *Tombstone: An Iliad of the Southwest*, de Walter Noble Burns, historien fantaisiste, affabulateur et grand pourvoyeur de mythes immanquablement repris par Hollywood. Entre 1926 et 1932, on lui doit *The Saga of Billy the Kid* (qui transforma en héros un jeune tueur inculte, dépravé et sadique), *The Robin Hood of El Dorado: The Saga of Joaquín Murrieta* (dont Wellman tira un film) et cette "Iliade du Sud-Ouest" qui prenait le parti d'Earp. Tous ces livres ont créé une sorte de fatras où il devient difficile de démêler le faux du vrai, l'invention fictionnelle de la réalité, le plaidoyer *pro domo* de la calomnie, de choisir entre la légende et la vérité.

Burnett a au moins un avantage qui n'est pas négligeable. Il ne se pose pas en historien. Romancier, il peut revendiquer le droit d'inventer, de broder. Pourtant, ce qu'il écrit paraît beaucoup plus plausible que les titres cités ci-dessus, collant davantage à la réalité (même s'il s'en écarte parfois sans que l'on comprenne pourquoi), à une forme de réalisme quotidien, non dramatisé. La logique dramaturgique qu'il impose dans le comportement, la façon de penser de ses personnages entraîne une sorte de vérité dans la narration, l'exposé des faits. Il se refuse à toute envolée, à tout embellissement romantique. À toute digression nostalgique (la nostalgie est sans doute le sentiment le plus éloigné et de ces personnages et de Burnett). Regardez comme le personnage de Brant est "soldé", sobre, dépourvu de tout romantisme quand on pense au Doc Holliday de la version de Ford, *My Darling Clementine*, par ailleurs somptueuse. Victor Mature, excellent, vient souffler à un acteur terrorisé la fin d'une tirade shakespearienne. Tuberculeux, poitrinaire, il vient expier dans l'Ouest une vie de violence au cours de laquelle il piétina tous ses dons, dilapidant les talents qu'on lui avait donnés. Rien de tel ici. Brant est pragmatique, sarcastique, lucide et ne recherche aucune absolution : toutes les villes se valent du moment qu'on peut y installer une table de jeu, affirme-t-il.

Le regard sur les événements et les hommes, la manière dont Burnett colle à leurs actes et jusqu'à l'absence de recul, de perspective (il accepte sans les excuser ni les condamner, ici comme dans *Terreur apache*, certains préjugés, certaines idées préconçues, voire les erreurs de ses personnages) témoignent d'une réelle justesse "historique". La peinture des Mexicains, par exemple, évite toute condescendance, tout paternalisme. Certains sont des tueurs sans être pour autant représentatifs d'une race. De même, plusieurs protagonistes émettent des opinions condescendantes, voire racistes, qui sont enregistrées comme faisant partie du climat de la culture de l'époque, tout comme la brutalité imbécile des Northrup, la fourberie de Fin Elder, la couardise de certains citoyens. Surtout pas d'idées générales. Seuls comptent les faits. Ce qui n'empêche nullement Wayt Johnson d'utiliser Jose Oronte pour piéger El Guero.

On trouve un grand nombre de détails justes, de faits historiques : le hold-up de la diligence et le meurtre qui s'ensuit s'inspirent de l'attaque de la compagnie Benson. De même, il a été prouvé que Wyatt Earp voulait se faire élire shérif (même si on a dit plus tard, élément passé sous silence dans le roman, que c'était pour toucher de juteux pourcentages sur les impôts et les taxes qu'il était chargé d'encaisser). C'est aussi que Burnett, dans la description de son héros, qu'il rend à la fois plus simple et plus complexe, se concentre sur son rapport quasi obsessionnel à la loi. Il veut l'appliquer avec une rigueur presque religieuse, avec l'obstination têtue, rigide propre à certains missionnaires. Peu expansif, il ne s'extériorise que très rarement. Et le plus souvent quand il est seul : face à un paysage, par exemple. Dans une brève parenthèse de paix, on le voit en train de se ressourcer, de reprendre ses esprits, de revivre :

> Le ciel sans nuages, immense et lointain, était constellé de grosses étoiles scintillantes. Au-delà de la rivière, Wayt devinait la masse sombre des collines Rouges, sur lesquelles s'accrochaient les minuscules feux de la mine de Joe Elder. Les jappements des coyotes s'élevaient plus loin au sud, portés par le grand silence de la nuit.
>
> Il arrêta son cheval, passa une jambe par-dessus le pommeau de la selle, et contempla le désert gris pâle dans la clarté de la lune.
>
> "Oui, dit-il. Ça, c'est mon pays."

En une seule phrase, dépouillée (impossible de faire plus sobre), Burnett dévoile toute la vie intérieure du personnage et nous laisse l'imaginer. J'ai pensé à la solitude orgueilleuse du père Charles de Foucauld à Tamanrasset.

Il faut noter que cette obsession de la légalité, ce désir de ramener une paix civile pousse le romancier, pourtant républicain convaincu, à prendre des positions très progressistes sur le contrôle des armes à feu. Le combat mené par Wayt Johnson, Deadwood, Brant et Luther, qui désarment tous ceux qui entrent dans Alkali, ferait hurler les républicains actuels, les tenants de la NRA. Nouvelle preuve de la liberté d'esprit, de l'anarchisme de l'écrivain. D'ailleurs, la méthode paie, et le nombre de meurtres et d'actes de violence diminue. Dans le film, cela donne lieu à un gag rapide et percutant : un des adjoints fouille une dame à l'allure respectable, trouve un revolver, le confisque. La dame fort en colère s'apprête à le couvrir d'injures qu'on imagine salées quand une voiture passe entre elle et la caméra, couvrant sa voix et évitant ainsi tout problème avec la censure. Jolie idée de mise en scène.

Wayt ne bascule dans une violence aveugle, illégale, durant quelques chapitres, que pour des raisons personnelles, familiales, du fait de la conduite de son jeune frère, Jimmy, avec qui il entretient des rapports fusionnels sans cesse déçus. Cette descente aux enfers est racontée froidement, objectivement, et elle prend fin subitement, brusque réveil après un cauchemar.

Ce qui est marrant, c'est que, dans la réalité, Jimmy était le frère aîné. Blessé durant la guerre de Sécession, il ne sera jamais marshal ni policier. Il travaillera comme barman et sera le seul de la famille à ne jamais avoir de problèmes. Et pourtant, dans la plupart des films qui aborderont le sujet, en tout cas dans deux des plus célèbres, *My Darling Clementine*, de John Ford, et *Règlements de comptes à OK Corral*, Jimmy restera le frère cadet faible et piégé par les femmes et l'une des causes principales des problèmes de Wyatt. La fiction inventée par Burnett est devenue plus réelle que la réalité. La légende a pris le pas sur la vérité.

La conclusion de *Saint Johnson*, sans illusion, ne cherche pas à enjoliver la situation. Certes, Wayt réussit à venger son frère et à liquider El Guero avec l'aide de Brant, ainsi qu'à ridiculiser George Stanley, l'adjoint du shérif Fin Elder, ennemi juré du clan Johnson aussi tenace que lâche, aussi habile et manipulateur que dégonflé. Légalement, c'est tout de même Elder qui gagne, et Johnson ne fera pas le poids contre lui lors des élections. Il faudra donc qu'ils quittent Alkali : "Ouaip, fit Deadwood. Mais j'ai vu un paquet de villes en dix ans et pour moi, elles se valent toutes."

Fin amère, sombre, retenue, qui tranche à l'intérieur d'un genre d'ordinaire voué à l'exaltation, voire à l'optimisme. Burnett anticipe là sur les œuvres des années 1960-1970. La dernière scène, le dernier affrontement avorté avec Fin Elder, triomphe minimaliste, retourne et piétine tous les clichés du western de l'époque.

Il est d'ailleurs surprenant qu'un livre aussi épuré, aussi audacieux et novateur ait disparu de la mémoire collective. Tout comme le film *Law and Order*, qui en a été tiré et qui n'était défendu que par de très rares historiens américains comme William K. Everson. Quand je rencontre, avec Rui Nogueira, John Huston, même si nous n'avions pas pu voir *Law and Order*, nous tenons à l'interroger sur ce premier scénario, et il nous dit :

> Il y a un écrivain formidable aux États-Unis, qui a écrit beaucoup de livres remarquables : W. R. Burnett. Il en a écrit un qui s'intitulait *Saint Johnson* que j'ai toujours trouvé excellent. C'était un personnage réel de l'Ouest qui était toujours vivant et qui était devenu une légende. Le studio avait peur de faire le film,

craignant un procès. Ils avaient acheté les droits sur mon conseil. C'était vraiment un grand livre, comme d'ailleurs beaucoup de Burnett. Tâchez de le trouver et de le lire. En fait, c'était sur Wyatt Earp, et Wyatt Earp était toujours vivant. J'ai écrit un scénario en m'inspirant du livre mais ce n'était pas fidèle. C'était un western conventionnel mais avec quelque chose en plus. De l'humour et un sens précis de l'époque. Il y avait aussi une idée : montrer que ces quelques hommes qui arrivaient dans cette petite ville n'étaient que des satellites de cette légende vivante. Ils vivaient dans son ombre, faisaient le même travail et comme lui tiraient au revolver pour nettoyer une ville. Au début, c'étaient des héros pour les habitants. Puis, ils découvraient que tout n'était pas aussi clair, que les intérêts étaient multiples et divergents et que la ville se retournait lentement contre ces hommes. La mise en scène était plutôt bonne, la direction d'acteurs aussi… J'ai voulu en faire un *remake*, sans succès.

La mémoire de Huston le trahit un peu, Earp étant mort avant la publication du livre, mais il explique et justifie les changements de nom, Josephine pouvant faire un procès. Il se trompe aussi (mais peut-être n'avait-il jamais revu le film) en le qualifiant de conventionnel. *Law and Order* est stupéfiant d'originalité, d'audace aussi bien visuelle que dramatique. Un long plan-séquence nous montre à travers la fenêtre le clan Johnson s'installant dans une chambre qu'ils vont partager, se lavant le visage (ou plutôt s'aspergeant vaguement) avec un broc d'eau dont on jette le contenu dans la rue, tout en discutant de ce qu'ils vont faire. On les a aussi vus soulever les matelas pour brûler les punaises. Cahn joue sur la longueur des plans, la complexité des mouvements d'appareil, sauf pendant le règlement de comptes d'OK Corral, traité en quelques plans rapides, sec, sans aucune musique. Il est vrai que Huston effectue des coupes importantes dans le roman, élimine les personnages de Jimmy et d'El Guero, simplifie l'action qu'il ramasse autour du conflit avec les Northrup.

L'un des sommets du film est traité de manière plus retenue, moins dramatisée, moins insolite chez Burnett. Frame (Wayt) Johnson (Walter Huston) parvient à éviter qu'un criminel visqueux, assez répugnant jusque dans sa couardise, Johnny Kinsman (il a tué sournoisement son adversaire par-derrière), joué par un très jeune et mince Andy Devine, ne soit lynché. Il le convainc d'accepter d'être pendu légalement. Du coup, ce dernier, pendant qu'on prépare la potence, plastronne, harangue la foule, clamant : "Je suis le premier pendu légal de l'État" sur fond d'orchestre et de cantiques. Étonnant moment d'humour noir et âpre, unique dans le western de l'époque. Interprétation remarquable de Harry Carey, et aussi de Walter Huston qui joue avec la même force, la même rigueur obstinée un personnage très similaire dans l'excellent *The Beast of the City*, de Charles Brabin, d'après un scénario de Burnett. Qui refourgue la thématique de *Saint Johnson* et parvient à réintroduire le personnage du frère cadet (joué par Wallace Ford) que Huston et Reed avaient coupé dans *Law and Order*. Il faut noter qu'Edward L. Cahn signa entre 1932 et 1935 plusieurs autres films remarquables comme *Afraid to Talk* et *Laughter in Hell* avant de devenir, dans les années 1950, un spécialiste du nanar fauché. Parmi une flopée de titres pittoresques se trouvent trois ou quatre véritables réussites, ce qui fait de lui une des idoles de Tarantino.

Il est d'ailleurs assez heureux que la sortie du roman *Saint Johnson* qui, je l'espère, va jeter un coup de projecteur sur ce livre, coïncide avec la découverte tardive d'un internégatif de *Law and Order* qu'Universal a enfin repéré, après avoir affirmé qu'il n'existait plus aucun matériel sur le film après l'incendie qui ravagea le studio voici quelques années. C'est que le film était référencé comme *Law & Order* et non *"and"* et que les bureaucrates ne parvenaient plus à l'identifier. On était dans *Brazil*.

Un seul point me laisse perplexe. Burnett a déclaré qu'il avait senti que le règlement de comptes d'OK Corral (dans le roman, le North End Corral) concrétisait une guerre opposant les démocrates aux républicains. On peut sans doute voir en Fin Elder un de ces politiciens démagogues et opportunistes, un de ces démocrates du Sud qui comptèrent les plus farouches opposants à la lutte antiségrégationniste, et en Wayt Johnson une figure lincolnienne jusque dans son austérité (impression renforcée dans le film par l'interprétation de Walter Huston) et, dans les journaux qui soutiennent les deux clans, une bonne représentation de la presse de l'époque. Mais la comparaison tourne un peu court, Burnett n'étant pas Sinclair Lewis ni Theodore Dreiser (dont il faut lire *Sister Carrie*), et demanderait un décryptage dont je suis incapable. Je me contente donc de la signaler. Cela n'entache en rien le plaisir qu'on peut prendre à ce livre, matrice mille fois recopiée et qui garde intactes son acuité, sa rigueur et son absence d'artifice.

TABLE

OUVRAGE RÉALISÉ
PAR L'ATELIER GRAPHIQUE ACTES SUD
REPRODUIT ET ACHEVÉ D'IMPRIMER
EN MARS 2022
PAR NORMANDIE ROTO IMPRESSION S.A.S.
À LONRAI
POUR LE COMPTE DES ÉDITIONS
ACTES SUD
LE MÉJAN
PLACE NINA-BERBEROVA
13200 ARLES

DÉPÔT LÉGAL
1re ÉDITION : AVRIL 2022
N° impr. : 2200379
(Imprimé en France)